光文社文庫

彼女たちが眠る家

『虫たちの家』改題

原田ひ香

光　文　社

2025. 03 27.–

目次

彼女たちが眠る家

I

1

壁が見えます。

壁があります。

壁です。

＊　＊　＊

テントウムシは港の波止場《はとば》に立って、地平線を眺めていた。

「今日は、しばらく着かないよ」

後ろから話しかけられて振り返ると、三軒並んだ土産屋《みやげ》兼食堂の中の一軒「いろは」の店主、文子《ふみこ》が、その浅黒く乾いた顔で真剣に海を見ながら言った。

テントウムシは腕時計をちらりと見た。三時三十五分を過ぎていた。

「到着は三時四十分ですよね。どうしてわかるんですか」

「あの向こう」

文子は顔と同じぐらい日焼けした指を伸ばし、水平線を指した。

「あそこがあんなふうにキラキラ光っている時は、遅れるのさ。荒れてるから」

九州本土から島までは船で二十分ほどなのに、あのわずかな光がそんなに遅れさせるのか。

「天気予報では、荒れの予報はなかったみたいでしたけど」

「予報には出ないぐらいの荒れなの。でも、そんな小さな海の変化で船は遅れる」

「へえええ」

心底感心して、うなずくと、文子は急に破顔《はがん》した。

「うそよ。父ちゃんの無線に入ったのを聞いたのさ。本土の方の港の荷物がつくのが遅れて、二十分ぐらい遅くなるって」

テントウムシも思わず笑った。文子の夫は、アジやサバなどを獲る、近海漁業の漁師だ。家に無線もあるに違いない。

「あんた、騙《だま》されやすいねえ」

「すみません」

「うちで冷たいコーヒーでも飲んで待ってなさいよ」

「いえ」思わず、笑みが引けた。

「いいじゃないの。ご馳走《ちそう》するよ。お客じゃないからインスタントだけどさ」

文子は店に向かってもう歩き出していた。テントウムシはまた腕時計を見る。そろそろ四十分に差し掛かっていた。文子の言葉を信じれば、船が着くまで二十分。

それまで自分はうまくふるまえるだろうか。

とはいえ、ここでちゃんとした理由もなく断ったら、それはそれでおかしなことになりそうだ。

「失礼します」

入り口にうずたかく積まれた土産物のコーナーを抜けて、奥の食堂に入った。テーブル席が二つに、座敷の席が三つ。自分以外に客はいない。ちょっとほっとした。テーブル席におそるおそる、腰かける。店内に入ると、冷房もないのに、ひんやりとしていた。この地方特有の気候だ。日差しは強いが陰に入ると涼しい。もちろん、真夏になれば、それなりに暑いが。

「はい。コーヒー」

文子は、「キリンシトロン」と文字の入ったコップを二つ、持ってきて、自分とテントウムシの前に置いた。すでにコーヒークリームが入っている。

「ありがとうございます。いただきます」

インスタントには違いないが、冷たくておいしかった。

「あなた、常磐町《ときわちょう》のところに住んでいる人でしょ。また新しい人が来るの？」

テントウムシは文子の顔を見た。丸い目が無邪気にこちらに向いている。三十八の自分より少し上だろう。高校生らしい娘と並んで歩いているのを見たことがある。

島の住人のことは可能な限り調べ、メンバーたちで人物像の報告書と人物相関図を作っていた。こちらから進んで情報を集める様子は見せずに、人々の言葉の片鱗《へんりん》に表れたものをメモし、つなぎ合わせることによって。

けれど、このあたりはテントウムシたちが住んでいるところとは反対側になるので、資料が少ない。

彼女はどのくらい、こちらのことを知っているのだろうか。

港の近くに住んでいれば、人の出入りは把握しているのだろうが。

「……ええ」

テントウムシはこれ以上返事を待たせたら、おかしく思われる直前にうなずいた。

「大変だねえ。アレルギーの人ばっかり集まっているんだろ。ここにきて、少しはよくなっているの」

「やっぱり、こちらの自然はすごいですね。皆、来島してしばらくするとずいぶんよくなるんですよ」

「じゃあ、あんたも？」

文子は遠慮ない視線でこちらの首元やら胸元を見た。

「ええ。子供の頃から、ひどいアレルギー性皮膚炎で」

「そうなの？　でも肌、きれいじゃない。色白いし。見ただけじゃわからないわね」

「ずいぶんよくなったんです。これでも、見えないところに少し残っているんですけど」

「私らからすると、本土の方がいいお医者さんなんかもたくさんいるだろうし、こっちにくる方が心配な気がするけど」

「いえ。アレルギーのほとんどは環境が大きく関わっていますから」

言葉を重ねれば重ねるほど、胸の鼓動が高まる。もしかして、疑われているのではないか。

「でも、よかった。あんたたちみたいな人が居ついてくれて。移住者計画は村長さんの鳴り物入りで始まったけど、なかなか長続きする人がいなくてねえ。うちの人のところにも、漁師になりたいって人が来たけど、一か月もしないうちに帰ってしまって」

「そうですか」

「あんたたちが来た時は、男や家族でもなかなか居つかないのに、女二人で何ができるんだかって……あ、ごめんなさいね」

「いいえ、いいんです」

テントウムシは笑顔で答える。過疎化《かそか》した島に村民を増やしたい、と自分たちが宣伝して呼んでおきながら、移住者には「どうせ本気じゃないんだろう」と冷たい目を向ける。そういうことは初めてではなかった。正直、その複雑で身勝手な精神構造はどこからきているのだろうと思う。

しかし、彼らがどんなに自分勝手でも、彼らにどんなにつまはじきにされても、自分たちにはここしかないのだ。

ここで生きて行くしかない。

他にどこにも居場所はない。

彼女が言うような移住者とは、最初から置かれた立場が違うのだ。

その決意がなかったら、血だらけになって魚の腹をかっさばいたり、荒れ果てた農地を再開墾《さいかいこん》したり、なかなか打ち解けてくれず、怪しみの目を向けるばかりの村民たちになじんだりできなかった。

そこらのニートやロハスな、夢見がちな移住者と一緒にしないでほしい。

だから、テントウムシは、村民や他の移住者よりも、中国やアジアからの技能習得名目でやってきた実習生たちの方に強いシンパシーを覚える。

彼や彼女らは、ここからテントウムシたちが住む常磐町の『虫たちの家』の途中の海辺にある水産物加工工場で働いている。テントウムシも、ここにきてしばらくは一時、同じような工場で働いていたことがあるから、そのつらさ、仕事の苦しさはよくわかっていた。週に一度の休みなどに、海水浴や買い物帰りの彼女らが歩いているのを見ると、進んで車に乗せて送ってやった。

どこから来たの？　日本語はむずかしい？　つらいことはない？　いくつかの言葉をかけると、後部座席の彼女たちは恥ずかしそうに笑い、しばらくは話が続く。

タイです。ミャンマーです。インドネシアです。日本語、むずかしい。工場長さんいい人です。

けれど、すぐに話すことがなくなって、彼女たち同士、母国語でひそひそと話すのをミラー越しに眺めるだけになってしまう。

それでも、テントウムシは彼女たちが好きだった。いや、好きだというのは言いすぎかもしれない。彼女らのことは何も知らないのだから。好きなのは、きっと彼女たちの決意だ。

自分たちにはここしかない。

どんなにつらくても、ここで働いて稼いで国に送金するしかない。

幼い横顔に見える、それが。

「でも、ずいぶん長くいてくれて、人も増えて……今、何年目だっけ？」

「この夏で、五年になります」

「何人、あそこに住んでるの？」

「四人です。次の船で来る二人を入れると六人」

「あれ、今いるの、五人じゃなかったっけ」

「二年前に一人、本土に帰った人がいるから。どうしても集団生活とかが合わなくて」

「田舎すぎてびっくりしたんじゃないの」

自虐的に笑っているが、こういう時の返答が一番むずかしい。

「いえ。女同士の生活はいろいろありますから」

店の時計が四十五分を過ぎたのを見て、「そろそろ」と腰を浮かせると、すかさず「あ、それ、進んでいるのよ」と返された。しかたなく、また、尻を椅子に戻す。

「私らも喜んでいるの、本当よ」

「それなら、ありがたいです。ここまでやってこれたのは、皆さんのおかげです」

テントウムシは深く頭を下げた。

感じよくふるまうが、深入りはしない。それが付き合いのコツだが、もう少し深入りしないと、本当に溶け込めないというのもわかっている。

よそものだけど、うまくやっている、という状態から一歩進むべきか否か。

なんとか、ここで生きて行ける基礎はそろった。どのくらい彼らの中に入っていけるのか。それとも、入っていかずにうまくやりすごせるのか。これからの課題だった。

「では、本当に、そろそろ」

「また、寄ってよ」

それでも、文子に悪気はないらしい。奥から、アジの干物と乾燥わかめを包んで持たせてくれた。

「……助かります」

「いいの、いいの。わかめは期限切れだけどまだ食べられるし、アジはその新しく来た人に食べさせてやってよ。こんな田舎の島に来てくれた、お礼とお祝い」

アジは六枚入っていた。ここの島の人にしたら、食べ物の貸し借りやふるまいは当たり前のことだ。魚も野菜も豊かに穫れて、商品にならなかった、はねられた品があまるほどある。それがわかっていても、いつも必要以上に恐縮してしまう。

「とか言って、それも売れ残り。今日明日中に食べてよね」

文子は舌をぺろりと出した。

「本当に、すみません」

「いいって。本当にまた、寄ってよ。婦人会にも顔を出して」

最後の言葉は重くのしかかった。

店を出ると、港に白い船が接岸するところだった。船員が投げた縄が放物線を描いてはらりと落ちる寸前に、港に待っていたラインマンが受け止め、ビットに結びつけた。

きらきら光る海、ゆらゆらと近づく機船《きせん》。

テントウムシはまぶしい光を、額に当てた手でさえぎった。

こんなに小さな船が、こんなに小さな港に接岸するなんて、もしかしたら奇跡のようなものかもしれない、と思いながら。

親娘《おやこ》が船から下りてくるのを、テントウムシは見ていた。

自分と同じぐらいの母親と高校生ぐらいの娘。母親は柄物のブラウスを着ていて白いタイトスカートを穿《は》いている。娘は白いワンピースに白い帽子だった。まるで、ペアルックのようだ。母親が下りる時は娘が荷物を持ち、娘が下りる時母親は手を伸ばして支えた。仲良く、お互いを庇《かば》いあって生きて来た親娘なのだ、と見えた。父親はどうしているのか、とふと考え、考えた自分を恥じた。

港にはテントウムシ以外の女はいない。二人はきょろきょろしながらも、まっすぐにこちらに歩いてきた。

「田中《たなか》さんですか」

久しぶりに聞く、テントウムシの現在の戸籍上の名前にうなずいた。

「window さんですね」

マリアから聞いているハンドルネームで返した。

「はい。あの、私たち、東京の……」

「お聞きしてます。車に乗ってください」

テントウムシはそっけなく答えると、母親が持っていたボストンバッグを奪うように取って歩き出した。彼女らを歓迎していないわけではない。乗ってきた軽自動車のところまで、さっきの「いろは」をはじめとした三軒の店の前を通らなければならない。また声をかけられたら面倒だ。テントウムシは自然、うつむきがちになり、早足で通り過ぎた。

それでも、娘は土産物が積まれた、華やかな店先が気になるのだろう。女の子らしい好奇心で、そちらをちらちら見ているのがわかる。

それを注意したら母娘は萎縮《いしゅく》してしまうだろう。はらはらしながら前を通って、声をかけられずに車に乗った時、やっと人心地がついた。

車が動き出すと、後部座席に並んで座った母親の方がたまらないように、「あの、田中さん、私たちの名前はさ……」と話しかけてきた。

「結構です」

テントウムシはサイドブレーキを下ろしながら、強く押しとどめた。

「自己紹介はやめてください。代表の田中マリア以外、お名前をうかがうことは禁止されています。私の、田中、というのも、戸籍上の名前で本名ではありません」

「戸籍上の名前が本名ではないのですか」

母親の方が、遠慮がちに聞いた。

「違います。事情はまたお話ししますが、ただの記号のようなものです」

「では、どうやってあなたを呼べばいいんですか」

それまで車の外をぼんやり眺めていた娘が、前に視線を移して尋ねた。

「マリアさんが名前をつけてくれます。例えば、私はテントウムシ」

「テントウムシ？」

娘がくすりと笑った。笑うと、それまで年齢よりずっと大人びていると見えた顔立ちが急に幼くなる。いずれにしても、美しい娘だった。問題があったのは彼女の方だろうか。

自然に詮索《せんさく》してしまっている自分をまた恥じた。ここに来る人間の過去を想像するなど、日頃は一番禁じられている行為なのに、好奇心がついのぞいてしまうのはめずらしい母娘連れという入居者だからだろうか。それとも、娘が驚くほど美しいからか。

「そう。皆、昆虫の名前がつけられるのです」

そんな人々が集《つど》う家を、誰とはなしに、『虫たちの家』と呼ぶようになった。もちろん、住んでいるものだけの内輪《うちわ》の呼び名で、島民たちは知らない。

「本名は呼ばないんですか」

「本名なんか知って、なんになります？」

娘が驚いたように顔を伏せたのを、言い方がきつかったか、とテントウムシは慌てて言葉を添えた。彼女の長いまつげが頬に影を落とす。

「本名を知られると、検索されるでしょう」

平常を装って言ったが、胸がざわめき、声が震えないように苦労した。小さく深呼吸する。検索、という言葉を思い出すだけで苦痛だった。

「ここの環境が合わなくて、結局、本土に戻られる方もいます。ここでもできるだけ本名を知られないように注意しています」

「確かに、そうですね」母親が感心したように深くうなずいた。

「どこで漏れるか、わかりません。お互い、そんなことは知らない方がいいですから」

「でも、嫌な虫だったら？　ミミズなんて呼ばれたら嫌だわ」

娘が、小声で母親の耳元に言った。

「大丈夫。マリアさんは怖い人ではないから」

テントウムシが教えると、娘はちょっと首をすくめた。

「嫌ならそう言えば、ちゃんと変えてくれる。きっとかわいい名前にしてくれるはずよ。それにミミズはもういるから」

「え。ミミズなんて名前の人がいるんですか」

母親が驚く。

「本当はミミズは昆虫ではないんですけど、マリアさんのたっての希望でね。本人はいたって、気に入っていますよ。ミミズがいないと、土は再生されないし、農業には大切な存在なんです。縁の下の力持ち」

あたし、ミミズさんに会ったら笑わない自信ない。また、娘が母親の耳にささやいているのが聞こえる。

やはり仲の良い親娘なのだろう。少しうらやましかった。ミラー越しに二人を見た。二人は身を寄せていたが、テントウムシとは目が合わなかった。母親の横顔を見た時、ふっと何か、テントウムシの胸をかすめるものがあった。けれど、思い過ごしだろうと、アクセルを踏んだ。


テントウムシとミミズが夕食の配膳をしている時に親娘と田中マリアが降りてきた。

マリアは笑顔で、彼女らに何かを説明していた。その表情を見て、ここに新しいメンバーが加わるのが確定したとわかった。

「皆さん、ご紹介します」

思った通り、マリアが手を叩きながら言った。

「新しく、私たちの仲間に加わってくださる、お二人です。ミツバチさんとアゲハさん」

キッチンで大鍋をかき回していたオオムラサキも、すぐに顔を出した。

「ミツバチです、よろしくお願いします」

ミツバチは母親らしく、隣の娘の頭に手を置いて、一緒にお辞儀をさせた。

「よろしく」

アゲハと名付けられた娘は、ちょっと恥ずかしそうに頭を下げた。

「アゲハちゃんて名前、かわいい！　すごく似合ってる」

テントウムシの隣にいた、ミミズが小さく拍手をした。

テントウムシは思わず、アゲハの顔を見てしまった。二十代のミミズは、小柄でまっすぐな髪をたらした、清楚《せいそ》できれいな女性だ。笑ってしまう、と言っていた彼女がどう反応するか。

「あたしはミミズよ、よろしくね」

「あ」

アゲハはとっさにテントウムシの方を見て、微笑《ほほえ》んだ。テントウムシもそれを返した。共犯者の笑みだった。ふっと、胸が温かくなった。

「遠慮なく、ミミズって呼んでね。あなたとはあまり年も変わらないみたいだわ。お姉さんだと思って、タメ口でいいから」

ミミズはここに来たばかりの一年前、がりがりに痩《や》せて、腕に引っ掻《か》き傷のような痕《あと》がたくさんあった。美しさを厭《いと》い、どこか自分を罰しているように見えた。ミミズという名前となって、本当にほっとしたのだ、と農作業中にテントウムシに告白したことがある。

けれど、彼女の詳しい過去や経歴を、テントウムシでさえいまだに知らない。

キッチンから出てきたオオムラサキは、「はじめまして」と百八十センチ近くある長身をかがめるようにして、手を差し出した。

「彼女、料理の天才なのよ」

マリアの言葉に、くすぐったそうに嬉しそうに首をすくめた。

「それに、ファイターなの」

「ファイター？」アゲハが不思議そうに小首を傾《かし》げる。

「強い人なの。今にわかる……テントウムシは、もう知っているわね」

テントウムシは頭を下げた。

「仲間に加わってくれて嬉しいです。よろしくお願いします」

二人はそろってこちらを見た。

その時、テントウムシは一瞬、自分の体、肩のあたりがぐっと押されたような、妙な威圧感を感じた。それほど、二人の眼力は強かった。

「それでは、ご飯にしましょうか」

突っ立ってしまっているテントウムシの代わりに、マリアが言った。

「そうしよう、そうしよう」

「お箸《はし》、ミツバチさんとアゲハさんは割り箸でいいわね」

「何か手伝います」

ミツバチが身を乗り出した。

「いいの、いいの。今日は座っていて。もうできてるし」

マリアとテントウムシが食卓の端に、オオムラサキとミミズが真ん中に、ミツバチとアゲハが反対端に、それぞれ向かい合って座った。

「では、いただきましょう」

マリアの言葉に皆、頭を軽く下げた。オオムラサキだけが、両手を組んで、小さく感謝の祈りをささげた。

「ここでは、皆、好きなように、その日の糧《かて》に感謝するの。お祈りしたい人はしてもいいし、いただきますをしたくない人はしなくてもいい。ただ、作った人には敬意を払ってね」

オオムラサキの様子を不思議そうに見ているアゲハに、マリアが話しかけた。

「各自、信じている宗教があれば、それに従えばいいの。強制もしないし、禁止もしない」

「私は、ここに来る前に一時期、教会にいたものだから」

短い祈りから顔を上げたオオムラサキは口数少なく、説明した。

「でも、救われなかった」

親娘二人がここに来るに当たって、マリアはメンバーの皆に相談した。数週間前のことだ。

最終的に面談して、入居を許すかどうかはマリアが決めるものの、今回は未成年のアゲハが加わる。それによって、ここが大きく変わることは容易に予想できた。

「私は彼女たちを助けてあげたいと思う。まだ未成年の女性もいるのだから。でも、あなたたちに無理強いはしたくない」

マリアはそう言って、皆の顔を見まわした。

「その子が本土の高校に通いたい、と言ったら、彼女の本名は公《おおやけ》になるし、そこから私たちのこともばれるかもしれない」

「でも、高校には行きたくない、と言うかもしれないし、マリアさんや別の人の養子になって、苗字を変えるという手もあります」

ミミズが提案した。

「もちろん、さまざまな方法はあります。しかも、彼女は今のところ高校には行きたくない、と言っているようです。ここで勉強を教えて、それ以上の教育を受けたければ大検を受検するという手もある。だけど、もしかしたら、心が癒《いや》されて高校に行きたいと言い出すかもしれない。それを止める権利は私たちにはないでしょう？　すべての可能性を私たちは予測しなければならない」

テントウムシたちは迷った。話し合いは連日続けられた。

結局、問題が起こったら、その時にまた話し合うことにして、彼女たちを受け入れることにしたのだ。

「これから、ここを寝室にしてくださいね」

テントウムシは、事前に片付けてあった、二階の客間にミツバチ親子二人を案内した。元は自分が使っていた部屋だった。

八畳ほどの和室に布団が二組用意してある。

「疲れたでしょう。普段は七時起床なんですけど、明日、午前中は好きなように過ごしたらいい、とマリアさんが言っていました。朝食は一階のテーブルの上に置いておきますから、好きな時に食べてください」

「ありがとうございます」

ミツバチが頭を深く下げた。

アゲハはテントウムシの顔をじっと見ていた。

「テントウムシさんたちは、どうするの？」

「え」

「テントウムシさんたちは、七時に起きたら、何をするの？」

「その言葉遣いはやめなさい。ちゃんと丁寧語を使って」

ミツバチが注意した。

「この子は敬語がうまく使えなくて」

「いいんですよ、皆、仲間なんだから。七時に起床したら、身支度をして、ラジオ体操をして、朝ごはんの用意して、八時に朝食。それからは畑の作業や家事をするのよ」

「私も一緒にやりたいわ」

「そう？　じゃあ、明日から作業してもいいけど、でも、午後からで、本当にいいのよ。今後は嫌でもやっていくのだから」

「じゃあ、そうする」彼女は肩をすくめた。それが彼女のくせなのかもしれなかった。

「あのお、住民票とか、そういうものはどうしたらいいでしょうか」

ミツバチが尋ねた。

「もし、すぐにでも移したいなら、午後から役所に行ってもいいですけど」

「明日……」

ミツバチはちょっと顔をこわばらせた。

「いいえ、絶対に、明日しなければならないわけではないんです。一か月や二か月は慣れるまで様子見している、ということで、移さなくてもいいと思います。他の皆も、そうでしたから。ただ、アゲハさんは未成年なので、もしかしたら、どこからか問い合わせがあるかもしれませんが」

「……では、それは、またしばらくしてから考える、ということでいいですか」

「そうしましょう」

テントウムシは内心、ほっとしていた。この親娘がここになじんで定住できるかまだわからないし、見極めないといけない。


「ミツバチさんたちは、役所に行くのは、もう少し考えてから決めるそうです」

テントウムシはマリアの部屋に行って報告した。

マリアはそれだけは元の家から持ってきた、アンティークの鏡台の前に座って、その豊かで真っ白な髪をほどいたところだった。

「髪をすきますか」

彼女は微笑みながら、外国産の天然の豚毛でできたブラシを手渡してくれた。

「早くなじめるといいのですが」

毛先から丁寧にブラッシングしながら言った。マリアは答えない。

顔を上げると、三面鏡の中で目が合った。彼女の目は穏やかで、なんの表情もなかった。

テントウムシは自分が心にもないことを言ってしまったような気がした。

「不安がないわけじゃないんです」

慌てて、付け足した。

「それに、役所に行かないように私が誘導したわけでもありませんよ。ミツバチさんたちが決めたんですよ」

「わかってますよ」

マリアはまた、何も含まない声で答えた。

どうしてだろう、とテントウムシは思う。この人の前に出ると、自然にすべてのことを告白してしまう。

「アゲハさんは未成年ですから、それがこれからどうなるか」

これまで何度も話し合ってきたことをつい、また、口にしてしまった。

「ごめんなさいね。私がわがままで決めたことが、結局、すべてあなたの負担になるのよね。部屋も代わってもらったし」

マリアが謝った。確かに、今までテントウムシは一人部屋だったのが、オオムラサキたちの部屋に移って、ミツバチ母娘に明け渡したのだった。

「いいえ。負担なんかじゃありません。ここを求めて来た人を助けてあげたいというのは、私も同じです」

そう口にすると、それが本当の気持ちのような気がした。

「そうね。私は未成年だからこそ、と思ったの。だからこそ、守って、癒してあげたいの、私たちが」

だとすると、やっぱり、問題を起こしたのはアゲハなのか、とテントウムシは思う。

「いえ、癒すだなんて、ちょっと偉そうね。ただ、ここにいてくれればいい、と思わなければ」

「はい」

さりげなくだがここまで情報を漏らしてくれるのは、たぶん、私を信頼しているからで、その気持ちを無にしてはならない、自分は決して誰にもしゃべらないように気をつけなければ、と心に決めた。

「船着き場のところにお土産屋さんがありますが」

「ええ、何軒かあるわね」

「今日、その中の『いろは』の文子さんに話しかけられました」

テントウムシは二人が語った内容をあらまし説明した。

「特につっこんだ話はしていないので、大丈夫だとは思いますが」

「あなたのことだから、心配はしていないわ。だけど、今後のこともあるから、報告書に上げて、回覧できるようにしておいて。そういう性格の人なら、これからも接触があるかもしれないから」

「わかりました」

髪をすき終わったテントウムシは、ブラシから髪の毛を丁寧に取り、ごみ箱に捨てて、一礼して部屋を出た。

自室に戻ると、同室のオオムラサキとミミズはすでに寝ていた。二人は二段ベッドの上と下で、テントウムシはその足元に布団を敷くことになっていた。

三人部屋と言うと狭そうに聞こえるが、十畳あるので、そうでもない。それに、一人になりたい時は居間にソファがあるのでそちらで寝ることもできた。オオムラサキもミミズも仲が良いが、月に一、二回はそういうことがあるようだった。お互い、過剰に気を遣わないのが何よりなのだ。

テントウムシは片隅の机のスタンドライトをぱちんとつけて座り、報告書を書いた。

報告書と言うと物々しいが、ただのバインダー式のノートである。そこに「文子」の印象と話した内容を書きしるし、誰でも閲覧できるようにする。

ここの住人たちが、島人《しまびと》たちと話す上で、食い違いが出ないように作ったのが、この報告書だ。原始的なやり方だが、これが一番効果的だった。出来上がったバインダーは居間に置いて、皆、一日に一回は目を通し、確認する。

そうだ、このことを、ミツバチ母娘に話すのを忘れていた、とテントウムシは思った。

明日、必ず、伝えなければ。

索引《さくいん》から調べると、文子についてはすでに記載があった。

食堂兼土産屋「いろは」女将　文子（推定四十前後か？）
明るく、人懐《ひとなつ》こい性格。夫は漁師、子供は高校生の娘と中学生の息子の二人。スーパー丸《まる》まさで接触。こちらのこともいろいろ聞いてきた。

あまりうまくない字からすると、書いたのはオオムラサキのようだ。彼女は食材の買い出しによく行くから、スーパーで出会ったのだろう。その後に続けた。

二〇一五年七月、船着き場で接触。「いろは」で飲み物をごちそうになりながら少し話す。こちらに若干の興味がある様子。好意的ではある。干物とわかめをいただく。冗談好き。

そして、少し考えて「話好きなだけに、要注意」と書き加え、ノートを閉じた。

2

翌日、朝食の席にミツバチ母娘の姿はなかった。
メンバーは特に話もなく、通常と変わらぬ朝食を食べ終え、各自の仕事についた。ミツバチ母娘については、誰も話題にしなかった。その場にいない人物について話すのは、昨夜のテントウムシとマリアのような報告以外は、どのような内容であってもあまりしない。集団生活を円滑《えんかつ》に進めるための知恵であった。

食事の後、マリアは朝食の後片付け、テントウムシ、オオムラサキ、ミミズは畑に行く。『虫たちの家』から歩いて五分ほどもかからない。道々、オオムラサキやミミズは歌謡曲を歌っていることが多い。

「なんて曲？　そんな若い人の歌、私、初めて聞くわ」

テントウムシが言うのも、どこか「お約束」のようになっている。知っている曲があれば、テントウムシも歌うこともある。

時々、近くの畑の農家の人とすれ違う。テントウムシたちの起床は七時だが（血圧が低いマリアにはそれが精いっぱいだ）、地元の人たちの朝は早いので、すでに農作業を終えて帰ってくるところだ。

「かぼちゃ、食べる？」

通りかかった、近所に住む小原《おわら》ちさが声をかけてくれた。小原の家とは畑も隣同士で栽培の疑問にも答えてくれる。

「いつもすみません」

「じいさんと二人だけじゃ、食べきれん」

手渡されたビニール袋はずっしり重く、かぼちゃだけでなく青いうりや大根も入っていた。

二人はすでに還暦を過ぎていて、子供たちは東京と大阪に住んでいる、と聞いていた。

「こんなにたくさん」

「ナスやきゅうりはあんたたちのところにもあるもんねえ。作ってないものを入れておいたよ」

では、彼女は最初から私たちにくれるつもりで用意していたのだ。テントウムシは胸が熱くなった。

「本当にすみません」

ずんずん先を歩いてしまっている、夫の又三郎《またさぶろう》の後ろ姿にも声をかける。

「ありがとうございまあす！」

「人にやるのが、ばあさんの趣味だから」

彼は半身だけこちらを向いて、はははははと笑った。

「あんたたちは野菜が好きだもんねえ。あげ甲斐《がい》があるわ。うりは味噌汁に入れたり、煮物にしたりするとおいしいよ」

小原の畑ではこの時期、九条《くじょう》ネギを主に出荷しているというのを知っている。かぼちゃやうりなどは家族用に畑の片隅で作っているに違いない。そういう野菜は農薬はかけてないから洗わなくても食べられる。

「ありがとうございます」

ちさと別れ、百平米ほどの畑に着くと、まず、今日食べる分の野菜をもいだ。ナスときゅうりとトマト、それから、近所の人が「どんどん実をつけるから」と勝手に植えてくれたささげなどだ。ナスはたったの三本植えただけなのに、毎日、食べきれない。

それから、雑草を抜いて、水を撒《ま》いた。三人が黙々と働いても、それだけで午前中のほとんどが終わってしまう重労働だった。

今日の昼食係のミミズが、もいだ野菜を持って一足先に帰って行った。

「昨日、うるさくなかったですか」

口の重いオオムラサキがめずらしく話しかけてきた。

「うるさい？　なんで？」

「あたしのいびきが……ひどいかと思って」

オオムラサキは恥ずかしそうに言った。

「全然気がつかなかった。私、一度寝ると起きないから」

「よかった」

大丈夫よ、ここに来たばかりの頃よりずっと痩せたじゃない、と言おうとして、テントウムシはやめた。褒《ほ》めたつもりが逆効果になりはしないかと恐れたのだ。

しかし、実際、『虫たちの家』に来たばかりの頃のオオムラサキはとんでもなく大きかった。百八十センチ近い長身は骨格から固く、がっしりとしていて、そこにたっぷりとした筋肉と脂肪の両方がついた、縦も横も規格外の、相撲取りのような体だった。

マリアとテントウムシが静かに暮らしていた家の、オオムラサキは最初の入居者だった。焦点の定まらない目をした彼女が、無言で居間に立った時は、正直、彼女にどう接したらいいのか、マリアとテントウムシは途方に暮れた。当初、彼女は物を食べることも風呂に入ることも厭《いと》い、部屋に閉じこもって、ただただ寝ていた。

問題が起きてから、心身を壊して実家に戻されたけれど、両親にも持て余されてさまざまな施設や宗教団体などを転々としたらしかった。どこにもなじめずに、マリアの昔の知り合いの、地方議員を頼って、ここに来た。

とてもお世話になった人だから断れない、それだけ言って、マリアは彼女を受け入れた。いったい、マリアとその議員の間に何があったのか、とテントウムシは思ったが、聞くことはなかった。

赤ん坊のようなオオムラサキに食べさせ、着替えさせ、時には一緒に風呂に入って体を洗い、農作業を覚えさせた。

それまでの事情はマリアしか知らなかったが、作業の合間にぽつぽつと話してくれたのは、彼女が元女子プロレスラーであったこと、その熱狂的ファンからされたひどい仕打ちの数々だった。

しかし、自分を取り戻した後のオオムラサキは、心優しく働きもののおとなしい女性だった。プロレス団体に研究生として入った時に新入りとして叩き込まれた料理を次々と披露してくれた。野菜中心の食事と農作業で余計な脂肪が取れると、そこには強靭《きょうじん》な肉体があった。

一度、島の秋祭りの前夜祭の相撲大会で、女性のみならず小柄な男性までも投げ飛ばし、準決勝まで進んだ。やはりプロというのは違うものだ、とテントウムシたちは改めて気づかされた。他島から女子相撲のスカウトが来た時には彼女が注目を浴びることになるのでは、と内心ひやひやした。だが、当のオオムラサキが人前に出ることを嫌がった。それから、一度も人前でその力を発揮したことはない。島の人間には、あの子は腰と膝《ひざ》を痛めているから、と説明した。

「あんなにかわいい子が」

草取りをしていたオオムラサキが突然、つぶやくように言った。

アゲハのことを言っているのだろうが、まだ母娘どちらに問題があったのかわからないし、うわさをするのが嫌だったので、テントウムシは答えなかった。次に何か言ったら、軽くたしなめようとしていると、

「あたしたちにできることはなんでもしてやりたいですね」

という声が聞こえた。

「そろそろ、戻ろうか」

そう声をかけて、軍手をはめている手を払って、泥を落とした。

あの日、呆然と居間に立っていたオオムラサキが、力強く立ち直っているのが嬉しかった。

テントウムシとオオムラサキが家に戻ると、マリアとミミズがテーブルの上に昼食を並べているところだった。

いただきもののうりをコンソメで煮た優しいスープ、きゅうりとトマトとわかめのサラダ、ナスとかぼちゃ、ジャガイモ、玉ねぎなどの野菜のグリル焼きなど、簡素な野菜料理が並んでいた。ご飯は枝豆の混ぜご飯。ミミズは料理が得意でないが、それが逆に野菜の良さを引き出していた。

ミツバチ、アゲハ母娘が降りてきた。

「よく休まれましたか」

テントウムシが尋ねると、ミツバチが微笑んでうなずいた。

昨夜と同じように座って、ご飯を食べ始めた。

「あの」

食事の半ばにさしかかったところで、ミツバチが尋ねた。

「あの、私たちはこれから具体的にどのようなことをしたらいいでしょう」

母娘以外のメンバーは顔を見合わせた。マリアが口を開いた。

「そうね、私たちはお互い、家の仕事、炊事と掃除を分担して、それから畑仕事と、可能なら多少なりとも現金収入がある仕事、つまりアルバイトを村で見つけることにしているんだけど」

「現金収入ですか」

「今、畑で作っているものだけで、自分たちがスリーシーズン食べるだけの野菜は確保できるけど、ここの家賃や野菜以外の食材、消耗品を買うお金はやっぱり必要なの。でも、ミツバチさんはアゲハちゃんのこともあるし、しばらくは家の中と畑の仕事をして様子をみたらどうかしら」

テントウムシたちもうなずいた。

「いずれは畑を広げて出荷できる規模の農家になるのが理想だけど、まだ時間がかかりそうだし」

「皆さんはどのようなアルバイトをしているんですか」

「今はオオムラサキさんとミミズさんが、公民館の掃除を週三回している。後は畑の繁忙期に他の農家さんのお手伝いね。昔は、テントウムシさんが港の近くの水産加工工場に勤めていたことがあるけど」

「それなら、私にもできるでしょうか」

「あそこは人手不足だからいつでも人を募集しているけど、やめた方がいい。体力的にも精神的にも厳しい仕事だから」

二人の会話で、テントウムシの鼻の中に魚の生臭い臭《にお》いや汚物のつんとした臭い、一日を終えた後のどっとくる疲労感がよみがえった。あの頃は、まだマリアと二人で、自活するのに必死だった。きつい時代だった。

「とにかく、しばらくは家のことをしてくれれば」

テントウムシも口を添えた。

「工場はどうしても仕事が見つからなかった時でも遅くない」

「ネットがあれば、あたし、結構、稼げるけど」

アゲハが突然そう言って、ミツバチ以外の人間がぎょっとして彼女を見つめた。

「インターネットは使えないのよ」

マリアがいち早くショックから立ち直って、やんわりと返した。

「テントウムシさん、昨日、話さなかったの」

「すみません。あまりにも普通のことなのでお話しするのを忘れていました」

「どうして？　アフィリエイトとか出会い系のサクラとか、ネットで稼げることはいろいろあるじゃない」

アゲハが言った。マリアがミツバチ母娘に向き直った。

「インターネットは使えません。一切禁止です。ここ以外でも、例えば、役場や図書館、学校にあるインターネットを使ったことがわかったら、理由のいかんにかかわらず、出て行ってもらいます。これはあなたたちだけでなく、私たちも同じことです」

静かだが断固とした口調だった。オオムラサキやミミズまでも身を縮めている。

「ここでは、自由に過ごしていただきます。皆であなたたちに協力するし、宗教も政治的主義主張も強要しません。だけど、インターネットだけは禁止です。家には共同の携帯電話が一台ありますが、それもネットにはつなげられない、通話のみのタイプになっています。わかりましたか」

こんな口調で話されたら、自分でも恐ろしくて耐えられないだろう、とテントウムシは思った。それほどの迫力だった。

「……わかりました」

ミツバチが目を伏せて、頭を下げた。

「申し訳ありませんでした」

「いいのよ。話していなかったこちらが悪いのだから。アゲハさんもわかりましたね」

「はい。わかりました」

母親のように恐縮してはいないが、素直にアゲハは了承した。

「それでは、食事を続けましょう」

しかし、その後の食事中に私語をするものはいなかった。

＊　＊　＊

壁だけではわかりませんか。

でも、そこに見えるものを言えとおっしゃったのは先生でしょう。だからあたしは言っているのです。

壁の様子ですか。

黄灰色の土です。高さは大体四メートルぐらい。その上に鉄条網が三メートルぐらい載っています。全部で七メートルぐらいです。一日に何度も、その脇を兵士ととげとげのついた首輪をした軍用犬が見回っています。

壁の高さも厚さも、そこで説明を受けたものであって、あたしが直《じか》に測ったり、見たりしたものではないです。壁に近づくことは許されませんでしたし、だいたい、そこに入ったら、次に命令が下されるまで外には出られませんから、外から全容を眺めることもできないのです。

あたしの場合はそこに車で行きました。着いたのは深夜で、あたしはぐっすり寝ていました。だから、壁の全長も、壁の厚さも、見ることはできませんでした。

いいえ、違います。あたしは壁に脅威を感じたり、窮屈に感じたりすることはありませんでした。少なくとも最初は。

あの壁はあたしたちを守るものであって、あたしたちから外界を守ったり、さえぎったりするものではありませんでした。その役目はとてもはっきりしていました。


だいたい、小さな子供が自分の世界を小さいとか、閉ざされているとか感じるでしょうか。ガラスの鉢の中の金魚のように、外の世界を知らない子供には、それが世界のすべてなのです。両親がいて、学校があって、友達がいる。

だから、そこらにある、ありきたりの壁とは思わないでほしいです。目標を達成するには壁がある、とか、彼との間には壁を感じた、とか、そういう意識の中の壁とも違います。

それはちゃんとした、そこにある壁です。触ることもできるし、舐《な》めることもできる。

ああ、もちろん、近づけないから触ることも舐めることもできませんけど。

先生は物事をむずかしく考えすぎなんです。

それは壁です。

ただの、そこにある。

やっぱり、順番に話した方がわかっていただけるかもしれませんね。すべて、最初から。

私がそこに着いた、初めの日のことを話しましょう。

朝、小さな部屋のベッドで目を覚ました。

部屋はきれいで、私用の背の低い勉強机があり、まだ開けてないスーツケースがありました。

窓には重いカーテンが下がっていて、隙間《すきま》から日が差していました。

私はしばらくその差し込んでくる光を見ていました。

まっすぐでオレンジでした。どこか乾いている、と思ったのは、たぶん、先入観からでしょう。

光は、カーテンの隙間の形のおかげで、床にアイスキャンディーのような模様を作っていました。アイスキャンディーは少しずつ形を変え、だんだんと短く細くなっていきました。それは本当のアイスがとけているようにも見え、私はとても楽しい気分になりました。

私は今でもあのアイスキャンディーを思い出します。細かい記憶は少しずつなくなっていくのに、あの光の色だけは手に取れるほど、鮮明に思い出せるのです。

たぶん、きっと、私はあのキャンディーをいつまでも覚えているのではないでしょうか。

のです。


　この人生が終わるその時まで。

　それから、耳を澄ますと、ごーっという音が聞こえていました。遠くの川か滝の音のようでした。子供クラブのキャンプでテントに泊まった時にそういう音を聞いたことがあるのです。

　のちに、それが家中に付けられた空調の音だということを知ることになるのですが。

早く意識の中の子供部屋を出た方がいいですか？

いえ、先生が早く先を知りたいのではないかと思って。

大丈夫ですか？

ああ、そんなふうに私を見ないでください。

そんなふうに、というのは、ああこの子はあんなことがあったから、人の目を気にしていつもびくびくしているのね、気を遣っているのね、という目です。

そうですか？　じゃあ、私の思い過ごしですね。

でも大丈夫です。いずれにしろ、私はもう、部屋を出ますから。

新しい部屋で起きた私は、いつまでもぼんやりしているわけにもいかず、ベッドから起き上がって、床に足をつけました。ひんやり冷たかったです。床は大理石でした。白と黒のがギンガムチェックみたいに格子《こうし》になっていました。

私は立ち上がって、お外みたいだ、と思いました。日本の学校の床はリノリウムでしたし、前の家の床は板の間でした。そんな床は日本橋《にほんばし》のデパートぐらいでなくては見たことがなかったのですが、裸足《はだし》で歩けるのがどこか愉快でした。

もしも、年の近い兄弟や姉妹がいたら、きっときゃあきゃあはしゃいだのではないでしょうか。

本当に私にきょうだいがいればよかったのに。

そしたら、あの時だって、もっと楽に乗り越えられたと思うのです。

床に足をつけた私は、その地に着いて最初の一歩を踏み出しました。昨夜の記憶がほとんどないのは、空港に降りたってすぐに寝てしまい、父か母に背負われて、ここまで来たからに違いないのでした。

あ、私、今、黙っていましたか。

すみません。ついいろいろ思い出してしまって。

あの頃、私は本当に怖いもの知らずでした。父と母に囲まれて、外出先でも眠くなったら寝て、お腹が空いたら大声でそれを主張して。どんなところで寝てしまっても父か母がおぶって家のベッドまで運んでくれましたし、食料を調達して口まで持ってきてくれました。着心地悪い服はすぐに脱がしてくれましたし、暑さ寒さはさえぎってくれました。

もしかしたら、私はわがままだと言われるような子供だったかもしれません。なんにも心配してなかったのです。怖いとか、心細いとか、そういうことをぜんぜん感じないですんでいました。

そうです。着いて一日目のことでしたね。

私は大理石の床を歩いて、大きくて重い木のドアを押し開けました。そのとたん、ころころと、まさに言葉通り、鈴を転がすような母の笑い声が聞こえてきました。母は元気な時、そんなふうに笑う人でした。今の今まで忘れていました。あの声を聞くと、私の方まで楽しくなるほどだったのに、どうして忘れていたんでしょう。

ああ、そうなんですか。そういうことを思い出すのが、思い出せるのがこの時間の役目なんですね。

廊下に出て、その声の方に走り出しました。一瞬だけ、躊躇《ちゅうちょ》しました。初めての家でしたから。そして、その家はとてつもなく広かったからです。

廊下は、日本風に言うと二十畳ほどの居間につながっており、そこを抜けるとさらに大きなドアがありました。

母の声はその中から聞こえているようでした。ノックするような習慣はまだなく、というのは、それまでノックしなければならないドアがあるような家に住んだことがないからですが、私はいきなりドアを開けました。

両親はダブルベッドに腰掛けて、笑いながら何か話しているところでした。私の部屋よりもカーテンが大きく開いていたので、そこはずっと明るく、母の髪は風で揺れていました。

私が入って行くと、彼らはとても喜んで、母は両手を広げて私が身を投げ出す場所を作ってくれていました。そして、子供部屋は気にいったか、だとか、家の中で迷子にならなかったか、だとか、口々に尋ねました。

それが、その国に着いた、第一日目です。

その日はずっと家で引っ越しの片付けなどして、家族で過ごしました。翌日から、「学校」が始まり、私も両親も集団の現実に飛び込まされるなど、露《つゆ》ほど知らずに。

Ⅱ

1

名もない、小さな黒い甲虫《こうちゅう》がピンク色の葵《あおい》の花の雌《め》しべだか雄《お》しべだかに止まって、しばらくもぞもぞと動き、そして、飛んで行った。その動きにつられて、テントウムシも顔をあげる。

青い空に、切れ端のような雲、照りつける太陽。

ミクロの世界から、無限の世界に放り出されたようで、テントウムシはしばらくぼんやりした。

『虫たちの家』で一番好きな仕事は何か、と聞かれれば迷わず畑、と答え、では一番嫌いなのは？　と問われれば、買い物、と答えるだろう。

これまでほとんど農業どころか、庭仕事さえ経験のなかった自分がこれほどまでのめり込むとは思わなかった。無心になれ、心が解き放たれる農業は何よりも楽しい仕事だった。もう見えない虫を目で追いかける。見つかるわけがないのに。自分はあの甲虫のようになりたいのだ、と思った。名もない虫に。

でも、名もなき虫、なんていないのだ。すべての昆虫にはたぶん、名前がある。きっと今の、米つぶの半分ほどの虫にさえ。「その雑草にだって名前はある」というような詩を読んだことがある。虫だって同じだろう。

「日焼けしますよ」

隣からミミズに声をかけられて、我に返った。

かぶっていた大きな麦わら帽子は首のところに落ち、光が顔いっぱいに降りそそいでいた。

「いいの。気持ちいいの」

子供のように叫んで、笑う。

「テントウムシさんの年齢じゃあ、もう日焼けはだめだよ」

そうからかうアゲハは帽子だけでなく、スカーフをほっかむりし、長袖の上にロングの日焼け防止用手袋までしていた。

「うちのママなんて、絶対日焼けしないのに。テントウムシさんと同い年で」

年齢の話なんてこれまでしたかしら、と一瞬、考えた。まあ、同年代なのは一目瞭然だが。

ミツバチ、アゲハ親娘が『虫たちの家』に来て、一か月ほどが経った。今のところ、大きな問題は起きていない。

ただ、ミツバチはここに来たとたん、体調を崩してしまって、ほとんど自室に引きこもって寝ていた。

そういう人間はめずらしくないし、マリアも「ここに来てほっとしたんでしょう」と口添えした。テントウムシもその状況を不満に思っているわけではないが、ただ、子供のいる身でこんなにか弱くて、これまでどんなふうにやってきたのか、と内心思った。

彼女がすぐ倒れてしまったので、はっきりはわからないが、あまり料理や掃除などの家事が得意ではなく、アゲハに至ってはほとんど何もできなかった。

テントウムシがさりげなくアゲハに尋ねると、「ママが離婚した時には、おじいちゃんの家に行くから」とこともなげに答えた。聞けば、ミツバチは数回の結婚や離婚をくり返しており、その合間の「パパがいない」時期には実家である、父親の家に住んでいたらしかった。それ以上の詳しい事情は、テントウムシにも詮索できなかった。

そのくせ、ミツバチには妙に潔癖《けっぺき》なところがあり、台ぶきんを熱湯消毒しないのは不潔すぎると言い出して、オオムラサキとケンカになった。日頃は無口なオオムラサキが怒ると、全身の毛が逆立ったヤマアラシみたいで、テントウムシたちを驚かせた。

結局、ふきんの消毒はミツバチの体の調子がいい時だけ、彼女自身が夕食後行うことになって、決着した。とはいえ、「ふきんが傷《いた》む」とオオムラサキはぼやいた。

つまりは、そういった小競り合いも含めて、二人はここに「なじんできた」のだった。少なくとも、テントウムシはそう思っていた。

このぐらいのことは新しい人間が入れば必ず起こる。そういったことを乗り越えて、やっと集団生活が始まるのだ。

しかし、この子は本当のところどう思っているのだろうかと、テントウムシは自分の前をミミズと歩いているアゲハを見ながら思う。

寝坊ぐらい、どうということもない。十七歳、そして、決してまじめなだけにも見えないこの少女が、年上の女性ばかりの場所でほとんど問題も起こさずにやっていけているのが、気にならないと言ったらうそになる。

アゲハはただただ、無邪気に楽しそうにふるまっていた。不満を言ったのは、「この一週間、ナスときゅうりとトマトしか食べてない！」と畑で採れる野菜の種類の少なさを嘆いた時ぐらいだった。それは皆が思っていることだから、同意の笑みで迎えられた。しかし、かといって、ここしか居場所がないような決意があるようにも見えなかった。

「午後の買い物当番は、テントウムシさんね」

昼食時、マリアはカレンダーを見ながら言った。

「はい」

嫌な仕事でも当番ならしないわけにはいかない。

「便箋《びんせん》と封筒が切れそうなの。買ってきてくれる？」

マリアは筆まめで電話やメールはしないが、必要な連絡はいつも手紙で取っている。親戚や昔の友人に連絡しないと心配されるので、と言っていた。

「わかりました」

「あたしも行く。荷物を持ってあげる」

アゲハが言った。

「何か買いたいものがあるの？」

テントウムシは静かに尋ねた。アゲハが買い物についてくるのは、これが初めてではなかった。買い物は週二回ずつぐらい、当番で行っているが、先週の買い物にも先々週の買い物にも、アゲハはついて行った。

「別にないけど……」

アゲハは肩をすくめた。

「食材の買い出しなら重いし、誰か一緒に行った方がいいでしょ」

正直、あまり嬉しい申し出ではなかった。アゲハのような美しい少女が一緒にいたら目立つし、彼女はまだ住民票を移してもいない。

それでも表立って嫌とは言いづらかった。

行きの軽自動車の中で、アゲハはずっとおしゃべりしていた。

オオムラサキさんって本当はニンジン嫌いなんじゃないかな、だって、カレーの時とかそっとよけてるもん、テントウムシさん気がつかなかった？　あれ、絶対嫌いだよ。後、炊き込みご飯にニンジン入れないよ。うちのママ入れるから、気になってたんだ。後、ママがニンジンしりしり作った時も食べなかった。あー、卵が嫌い？　確かにそれはあるかもしれない。でも、たぶん、ニンジンだと思う。小学生の時にニンジンが嫌いで、アレルギーだから食べられないってうそついた子がいたからわかるんだ。ミミズさんはあんまり白いご飯を食べないようにしているよ。パンも。ダイエットしているんじゃない。あたしもひかえてるから気持ちはわかる。あたし、太ってるよ。BMI値十九以上だもん、やばいよね。ミミズさんてきれいだよねえ、アイドルとかになればよかったのに、え？　あたし？　あたしは無理だよ。

ふと、どうして無理なの、と尋ねそうになってしまって、慌てて口を閉じた。あんまりアゲハが楽しそうにしゃべるからつられてしまった。

それからスーパーまでは黙って走った。

スーパー丸まさはちょっとした広場の中にある。島の人間が持ち寄った農産物、土産品も扱うスーパーと、日帰り温泉、観光案内所、レストランなどがまとめて建てられ、本土の「道の駅」のような施設になっている。「道の駅」をもじって「島の駅」と呼ばれており、観光客が来た時にタクシーも一度は立ち寄る、新しい名所になっていた。出荷できない野菜や卵などが安く買えるので、観光客のみならず、島の人間もよく利用している。

スーパーに着くと、テントウムシはメモを見ながら必要なものをカゴに放り込んで行った。つまらなそうにぶらぶらついてくるアゲハに「好きなもの、見てきていいよ」と言うと、鎖を外された犬のように、喜んで離れていった。

平屋造りの、中規模なスーパーだ。それでも大抵のものはそろうし、レジの前には雑誌もラックに入って並んでいる。多少の衣料品もある。けれど、ティーンエイジャーが見て、楽しいような店ではない。

テントウムシは目立たないように買い物をすませて、早く帰りたかった。そのためにもアゲハには一人で店内を気がすむまで見回らせた方がいい。

十キロの米をよっこらせ、とカゴに入れる。卵を潰さないように注意深く。こういうものは本当ならネットでまとめ買いした方が楽なのだが、パソコンは使えないからしかたがない。

消費税増税の後、こんな辺鄙《へんぴ》な場所でも全体的に値段が上がっている。特に肉や輸入品は顕著《けんちょ》だ。この島では魚はいくらでも手に入るが、肉だけは船で運んでくるものを買わないわけにいかない。

小麦粉も値上がりした、と手に取った時、さっきのアゲハの言葉がよみがえる。

ミミズさんはダイエットをしているよ。

少し太ってきたかも、というのは女なら合言葉のようなものだから、テントウムシだって何気なく言葉にしたことはある。だけど、それは口だけで、本格的なダイエットまでは考えたことがなかった。農作業はいい運動になるし、何より、ここの生活で太りすぎを気にする必要は何もない。見た目をどうこう言う人間はいないのだから。健康のためならともかく、ミミズはもともとほっそりした体型だ。

彼女は男の目を気にしているのか、いつかここを出て行くのか。今すぐでなくても、いつかは出て行く可能性があると思っているのか。

考えたくなかった。誰かについてでも、その思考を疑ったり、疑問を持ったりしたくなかった。そういうことは本土に置いてきた。

けれど、ダイエットというのは、男の目を気にしていることではないのか。

疑うなんて自分らしくない、とテントウムシはひとり首を振って、買い物メモに目を戻した。リストの最後に小さく、ポテトチップと書いてある。たぶん、オオムラサキだろう。無駄遣いはできない暮らしだから嗜好品《しこうひん》や菓子はあまり買わないが、もしお金があったら買ってね、という意味に違いない。思わず微笑みながら、小さな袋をカゴに忍ばせた。

下を向いて一気に選びながら、さりげなく店内も見回す。知った顔はいないようだ。けれど油断は禁物だ。顔見知りでなくても会釈《えしゃく》などされれば、ちゃんと返し、時には軽いおしゃべりぐらいしなければならない。さもなければ、どこで「あの人は挨拶もできない」とうわさになりかねない。

レジのところまで来て、きょろきょろとアゲハを探した。これまでは、ここに来ると自然に彼女は寄ってきた。それがなんだか、母親を慕う幼い子供のようで、テントウムシはどこかくすぐったかった。けれど、今日はまだ姿を現さない。もう一度、売り場に戻って彼女を探すのはおっくうだった。

しょうがない、レジに並んで会計をすませてしまおう。あの子に買うものがあったら別に会計することにして。

そう思ってレジに並んだところで、ぎょっとした。

アゲハがその先の、スーパーの出入り口のところで若い男と話していたからだ。

彼らは向かい合わせに立ち、男がアゲハの顔をのぞき込むように熱心に話しかけ、彼女は微笑んでそれを聞いていた。

観光客だろうか、それとも島の男だろうか。

考えたのは一瞬で、島の男だとすぐにわかった。背が高くがっしりとした体型、海で日にさらされてしらっちゃけた髪や褐色の肌に見覚えがある。名前まではわからないが、時々、港のあたりで見かける顔だ。

島の男にはめずらしく、歯並びが美しくて輝くように白い。島に歯医者はなく、老いも若きも歯の手入れを怠っているものが多いから、それだけで特別に見える。袖を切ったT

シャツもひざ下からカットしたジーンズも垢抜《あかぬ》けている。このまま渋谷や心斎橋《しんさいばし》に立ってもそう見劣りはしないのではないか。

「五千二百八十三円です」

言われても、しばらく彼らを見つめていた。

「五千二百八十三円です」

きつくもう一度言われて、やっと気づいた。

「ごめんなさい」

「五千二百八十三円です」

なんど言わせるんですか、と言わんばかりの口調にあせって財布から小銭を出した。そうして、気づいた。レジの女はテントウムシに怒っていたのではなく、別のものにいらだっていたのだと。

テントウムシが小銭を取り出した手は宙に浮いた。彼女はじっと、アゲハとその男の方を見ていた。

「あの」

「あ、ごめんなさい」

今度は逆に彼女が謝った。

「いいえ」

それでも、彼女の目はまだ、その男の方に向いていた。

彼女の恋人か、想いびとなのだろう。その視線に、痛々しいほどの気持ちがあふれていた。

「あの人、名前は？」

テントウムシは思わず尋ねた。

「え？」

「あの人、あの、日に焼けた人」

彼の方にはっきり顎《あご》をしゃくって尋ねた。

彼女は自分の視線に気がついたのか、頬を赤らめた。

「川端《かわばた》エイジ」

「そう」

ありがとうございました、という声を背に受けて歩き出した。

買ったものをエコ袋に入れて、二人に近づいても、こちらに気づかない。テントウムシは胸がどきどきした。

「行くよ」

彼女たちの横を通り過ぎる時に声をかけた。

「あ、うん」

じゃあねーバイバイ、というそっけなさすぎるほどの挨拶が聞こえて、アゲハはテントウムシの横に並んで歩き出した。

彼がじっとこちらを見ているのを背中に感じた。ちらりと横を見る。アゲハは顔を紅潮させているが、後ろを気にしているふうはない。自分にも覚えがあった。恋愛と言えるほどではない、何かが始まる、好意が始まる予感のようなもの。

しかし、その視線以上にレジの女の視線が気になった。何か問題が起きるとしたら、彼女のような女の方からかもしれない、とちらりと思った。


「先週、スーパーに行った時、アゲハも一緒だったでしょ」

テントウムシは、台所で夕食を作っているミミズにそっと近づいて尋ねた。

「はい」

うわさ話は極力しないようにしているこの家で、どうしてそんなことを聞くのか、という視線で、ミミズは白髪《しらが》ネギを作る手を止めて顔を上げた。

「あ、いい、続けて」

そう言われて素直に包丁を動かす。

料理が苦手だったミミズに、それを教えたのはテントウムシだ。包丁に自信がなかったら、まず、白髪ネギを料理の前に練習をすること。

長ネギを数センチ幅に切り、白い部分を数枚剝《は》がし、ゆっくりでいいから丁寧に端から刻んでいく。中の薄青い部分は小口《こぐち》に切る。白髪ネギは焼き魚でも煮物でも、上に載せれば味が引き立つし、見栄《みば》えもいい。そして、何より包丁の腕が上がる。

ミミズは言われた通りにそれを実行していた。今では、料亭のような白髪ネギがミミズの当番のたびに食卓に上がる。

一方で、テントウムシは少し後悔していた。それを教えてくれたのは母親だった。白髪ネギを見るたびに彼女を思い出してしまう。

ネギから目をそらして尋ねた。

「買い物の時、アゲハに誰か話しかけてた？」

アゲハと男が話してた？　と聞くのはどこか口にしづらくて、そんなふうに言った。

「アゲハちゃん？　うーん、どうだったかな。うん、誰かと話してたかも。店の外で、島の子たちと」

「え」

どうして報告してくれなかったのか、テントウムシはなじりたいような気持ちになった。しかし、テントウムシの声にミミズの方が驚いたように、振り向く。

「それ……男だった？」

「どうだったかな。男の子もいたかも」

川端エイジの特徴を説明してさらに尋ねる。

「うーん、わからないです。ちゃんと見てたわけじゃないから」

「じゃあ、男と二人きりで話していたわけじゃないのね」

「たぶん。でも、二人きりの時もあったかも。あたし、買い物していたからわからなかった」

どうして、それを私やマリアさんに相談しないのだ、とさらに言いたくなって、はっとする。

これまで、『虫たちの家』の住人と男のことについて話したことがほとんどなかった。インターネットを使わない、ということ以外に言語化された禁止事項はないのだ。

そんなことは話し合うまでもなく、端《はな》から男なんて近づけるわけがないと思っていた。ここにいるものは皆、男に傷つけられてきたのだから。けれど、ミミズたちにはその感覚が共有されていたというわけではなかったのかもしれない。

「……ミミズちゃんも、誰か話す人いるの？　島の人、男の人で」

思わず、女子学生のようにおそるおそる聞いてしまった。

「あたし？　いいえ！　まさか」

ミミズは驚いたように、首をぶんぶんと振った。

「だよね」

ほっとした。

「あたしはそういうの……」

「いいの、わかる」

「アゲハちゃんと島の子たちが話したりするの、よくなかったかしら」

「ううん……そういうわけじゃないけど、どうしたらいいか」

「あたしは、女の子も一緒ならいいんじゃないかと思ってた。ここで友達を作りたいのかもしれないし」

「そうね。とにかく、マリアさんに相談してみるわ」

アゲハが「ミミズさんはダイエットをしているのではないか」と言っていたことを思い出す。一瞬だけ、聞いてみようか、と思って、すぐにやめた。そういう身体のことは女性同士でも、いや、女性同士だからこそ聞きづらいし、いちいち話さなくても自分たちはわかり合っている、と考えたかった。デリケートで、そして、親密な関係で『虫たちの家』は成り立っている。

話が終わったところで、オオムラサキが台所に入ってきて、冷蔵庫を開け、麦茶のボトルを出した。図《はか》らずも、彼女が来たので話をやめたような感じになってしまった。

テントウムシはそこから出るため、すでに体を出口に向けたところだったので、そのまま出てきた。

台所を出てから、今のはまるでミミズと秘密の話をして、オオムラサキには内緒にしたように思われたかもしれない、と気がついた。

いや、ミミズから説明してくれているだろう、と考え直した。二人は仲がいいのだから。けれど、おとなしく、規則も守るミミズは、テントウムシの話を無断でオオムラサキにばらすような人でもない。

あとで、オオムラサキとも話さなければ。

そんな逡巡《しゅんじゅん》は夕食が始まるまで、心の中で続いた。


ちょっといいですか、と就寝前にマリアの部屋のドアを叩いた。

「どうぞ」とどこか笑いを含んだ声がして、テントウムシは今日一日のさまざまな迷いをすべて話そうと勢い込んでドアを開けた。

驚いたことに、部屋にはアゲハがいた。マリアと向かい合わせに座って、二人は何か笑い合っている。

テントウムシはぽかんとそこに立ちすくんだ。

「あら、テントウムシさん、なあに？」

マリアがまだ笑いを含んだ声で言った。

「あ、ちょっとお話があったのですが、またにします」

「そうなの？　いいの？　あなたもちょっとおしゃべりしましょうよ」

マリアの部屋には彼女の机の前の硬い椅子と、ドレッサーの前の丸椅子しかない。テントウムシが戸惑っていると、「ここに座りなさい」とベッドを指さした。

それで、テントウムシは、マリアの手製のパッチワークのベッドカバーがかかったそこに腰を下ろした。

「あ、あたし、行きましょうか。なんか大切な話があるんじゃないですか」

アゲハが声を上げ、テントウムシが何か答える前に「いいのよ」とマリアがふき出しながら言った。

「テントウムシさん聞いて。アゲハちゃんたらね」

マリアは、アゲハが近所に住む、あの小原又三郎のものまねを上手にするのだ、と説明した。途中、何度かふき出しながら。

微笑みながら聞いていたものの、テントウムシは落ち着かない気分だった。

こんなことは初めてだ。この部屋で部外者みたいに、ベッドに座らされて話すなんて。いや、こうして、誰か三人でこの部屋で話すことはほとんどない。あったとしても、テントウムシの席は丸椅子のところだ。今、アゲハが座っている。

しかし、二人は楽し気に盛り上がっている。テントウムシはずっと作り笑いをしていた。

アゲハはいつもと違って丁寧語を使いながら、時折、「そんなこと、知らん」だとか

「ひどいこと言うなー」とか、気安い言葉を混ぜている。

そんな言葉遣いはテントウムシでもマリア相手にはしないのに。

「あの。じゃあ、私は先に休みますね」

と、テントウムシが立ち上がっても、マリアは「そう？」と言っただけだった。

「テントウムシさんの話ってなんなの？」

いきなり、アゲハが尋ねた。

「え」

「なあに？　ここで言ってよ。それともアゲハには言えないこと？」

突然、矛先《ほこさき》がこちらに向かってきて、テントウムシは戸惑った。

「そうよ、テントウムシさん。アゲハちゃんには話せないようなことなの？」

マリアまでがからかうように言葉を重ねた。

「そういうわけではありませんが、大人の話なので」

「大人の話。なんか、やらしー」

テントウムシはまた困って、マリアの顔を見る。けれど、彼女がとりなしてくれる様子はない。目をきらきらさせてこちらを見ている。

今夜のマリアさんはまるで女子高生のようだ、とテントウムシは思った。思慮深く、豊富な知識で、時に大胆に物事を決定する女性の中にも、こんな一面があるのだ、と意外だった。

「もう、寝ますので」

答えになっているか、なってないか、わからないことを言って、テントウムシはやっとそこを離れた。

部屋に戻ると、すでにミミズとオオムラサキは寝入っていて、常夜灯だけがともってぃる。枕もとの小さな読書灯だけつけて、テントウムシは着替えをし、布団にもぐり込んだ。オオムラサキに夕食前の誤解を解くのを忘れてしまった、と気がついたのは、深い眠りに引き込まれる直前のことだった。同時に、アゲハたちが来る前はこんなことを気にしなかったのに、と思った。

2

午前中の農作業を終えて、テントウムシが一人、道具と野菜を携え、帰路を急いでいると、近所の農家の老人、小原又三郎が道端に座っているのに気がついた。とたんに心臓が跳ね上がる。

今日はうまく話せるだろうか。今日はうまくやり過ごせるだろうか。今日はうまくごまかせるだろうか。

そんな心配が頭と体中をぐるぐると回る。

「こんにちは。暑くなってきましたね」

精一杯、朗《ほが》らかに声をかける。こんな時は、自分が持っている一番社交的なボタンを押す。

彼は答えず、微笑んだだけで煙草を吸っている。

「ちささんは？」

いつも一緒にいる、妻のことを尋ねた。

「先に帰った。ばあさんは、これが嫌いだから」

土に汚れた指先にはさんでいるものを揺らしながら言う。

農作業の合間の一服がたまらなく好きなのだ、家ではそんなに吸わない、と以前に言っていたことを思い出した。

又三郎は自分の隣をとんとん、と叩いた。座れ、ということなのだろう。

迷った。日頃は無口で、言うことのほとんどを妻に任せている彼がここにいたのは、言いたいことがあるのだろう、と横に腰を下ろす。とはいえ、島人に言われて断るような選択肢はテントウムシにはなかった。

こういうことは初めてではなかった。

最初はマリアと二人、ここに来たばかりの時。

こんなところにどうして来たのか、ということを彼のとつとつとした口調で尋ねられた。まるで抜き打ち検査のように。

アレルギーの転地《てんち》療法です。

まだ、そう説明する口調も慣れていない時期、恐れおののきながら話したのを今でもくっきりと覚えている。

しかし、おどおどした様子が逆に好印象だったようで、彼の口から島の中に彼女たちの事情は説明され、とりあえず、最初の島への通行手形はもたらされたのであった。

その後も折に触れて彼からは「御下問《ごかもん》」があった。

あの体の大きい女の子はどこから来たんだい？　どうしてあんたたちは女だけで暮らしているんだい？　あのべっぴんさんは独り者なのか？　収入はどのぐらいあるんだい？　あんたは結婚する気はないのかい？

けれど、テントウムシは彼が芯《しん》のところでは嫌いでなかった。彼がさまざまなことを聞いてくれ、島人に話を流してくれることで、それは周知のこととなる。言わば、彼が彼女たちの後ろ盾になってくれているようなものだ。図らずも。

もしも、こんな立場で出会わなければきっと心を許せる「おじいちゃん」として付き合えただろう。

「あのお嬢ちゃん……」

しばらく黙った後、彼は言った。

「はい」

アゲハのことだとぴんときた。しかし、こういう時はこちらからはできるだけ言葉を発しない方がいい。彼の意図がわかるまでは。

「どこから来た」

「埼玉です」

本当のあの子の故郷がどこかなんて知らない。言葉になまりもないし垢抜けている。関東だろうとは当たりがつくが、それ以上はわからない。けれど、最初の話し合いでマリアと「埼玉」ということにしよう、と決めたのだった。関東だけど、具体的な地名はあまりわからない町。逆に言えば、本当の故郷は埼玉以外だということだけはわかっていた。

「埼玉のどこ」

しかし、今日の又三郎はさらに重ねてきた。

「たぶん、所沢《ところざわ》あたりだと思います」

これも決めていた地名だ。ちゃんと決めておいてよかった、と胸をなでおろした。

「名前は」

「あ、佐藤《さとう》みさちゃんです」

つい早口になってしまった。

「ふうん」

　彼は考え込んでいた。

　ミツバチたちの苗字を変えるかどうかはマリアさんたちとの間でも何度も話し合われていたことだった。彼女たちの名前は、アゲハが未成年であることもあり、これまでで最も細心の注意を払って扱われていた。佐藤はアゲハの父親の苗字だそうだ。

「大丈夫なの？」

　マリアさんが心配して尋ねると、事件が起きた時に名乗っていたのと違うから大丈夫、しかも、佐藤は最もポピュラーな苗字だし、と彼女は説明したそうだ。確かに、今後、住民票を移すことを考えたら、あまり大きなうそをつかない方がいいのではないか、とマリアさんは皆に言った。

　みさ、という名前の方はさすがに本名と少し違うらしい。みさこ、だか、みさえだかからごくわずかに変えてある。そのぐらいなら、島人に伝える名前と戸籍上の名前が違っても、あだ名の範囲で許されるだろう。

「じゃあ、違うのかな」

　彼は小首を傾げる。

「なんでしょう」

「あの子はな」

「ええ」

「あん子は……」

又三郎は眉《まゆ》の間にしわを作って、口ごもった。

「あの事件の女の子に似ているっていう人がいるんだ」

あの事件。

テントウムシの胸がさらにどくんどくんと音を立てる。心臓が気持ち悪いほど震え、体中に血を送っているのがわかる。

それはきっと、たぶん、アゲハが関わったものだろう。ここに来る理由になった事件。同じ家に暮らしている人間にさえ秘密にしていること。

聞きたくなかった。知りたくなかった。本当は、わあっと声を上げてこの場から逃げ出したかった。

アゲハのためではない。自分のためだ。

きっとその事件は、非情で悲惨で凄惨《せいさん》なものだろう。目も耳もそむけたくなるような内容で、畜生の所業だ。アゲハは徹底的に傷つけられた。その犯人に、周りの人間に、ネットの人間に、つまり全世界の人間に。

そして、何よりも怖いのは、それを聞いたら最後、テントウムシも傷つけられる。あの頃に引き戻され、引き裂かれ、また、絶望のどん底にいた日々の気持ちを思い出して。

だけど。

今、ここを離れることはできない。

にこやかに、穏やかに、年相応のふるまいをする。それがアゲハを守り、自分を守り、何よりあの『虫たちの家』を守る。

私たちの最後の拠り所、居場所を失うことはできない。

しかし、老人はテントウムシの気持ちをほんのわずかも気がつくことなく言葉を続ける。

「ほら、あの……東京の……世田谷《せたがや》の事件だよ」

耳をふさぎたかった。両手を耳に当てて叫ぶか、その指を深く深く突っ込み、いっそのこと鼓膜をやぶってしまいたかった。ぎゅっと握りしめていた手を広げて見つめ、血まみれになった指と耳を想像する。それだって、あの頃に戻るより、どれだけましか。

でも、耐えるしかない。

テントウムシは優しく微笑んで、老人の方に視線を向けた。目をそらせることもできない。目も鼻も唇も、一ミリだって不自然に震わせたり、逆にこわばらしたりもできない。

ただ、自然に自然に、穏やかに。

世田谷の事件というのは、テントウムシにはすぐ思い当たるものはなかった。『虫たちの家』ではネットはご法度《はっと》で、テレビもＮＨＫのニュース番組を一日一回観るだけだ。島人たちと話す時に不審に思われない程度の情報しか入れない。

しかし、ここで強く否定も、肯定もできなかった。

「さあ、どうでしょう。よくわかりませんが」

「ネットに出てるっていう、名前や場所とは違うようだなあ」

「そうですか」

「それならいいが、あの写真にあの子が似ているというから」

写真。ではやっぱり間違いない。それが彼女を傷つけたのだ。

「しかし、どうしてあの子はこの島に来たんだね。どうも、アレルギーっていうの？　それにも見えないが。きれいな肌の子じゃないかね」

「肌じゃないんです。喘息《ぜんそく》で」

やっと答えられる質問になった。又三郎に「あの事件」と言われてから、脳の一部が機能を停止していた。使える部分だけで、ぺらぺらと口が動いている。

「ああ」

「お母さんも彼女もアレルギー喘息でしてね。ここにきて、ずいぶんよくなったようです。でも、一度ずつ、お母さんもあの子も発作を起こして……ひどかったです。夜中、苦しそうで、見ていられなかった。薬は飲みますが、それ以上にどうしようもないそうです。ただ、ここの新鮮な空気と食べ物しか」

「かわいそうになあ」

又三郎がしみじみと言う。いい人なのだ。この質問も好奇心や、したくてしているのではない。彼が買って出てくれたのだろう。今ちゃんと否定すれば確実に島中に広がる。

「学校はどうする？　ここには高校はないし、高校は船で本土に渡るしかない」

「喘息がひどくて、もともとあまり行けてなかったらしいんです。しばらく様子を見て、落ち着いたら考えるって言ってました」

「そうかい」

又三郎は納得してくれたようだった。やった、これでしばらくはなんとかなるだろう。そう思って、テントウムシが立ち上がりかけた瞬間、

「島の男たちとのことは知ってるかね？」

彼は畳みかけてきた。

「男たちのこと」

語尾を抑《おさ》えて、質問でなく、ただくり返した。

「あの子は網元の息子やその友達と仲良くなったみたいだな」

それはあの、川端エイジだろうか。

「でも、そんな時間あるのかしら」

又三郎と話し始めて、初めて何も考えずに口にした言葉だった。

『虫たちの家』では午前中の畑仕事、家事以外は、午後は比較的自由に過ごせる。けれど、彼女が一人で出かけたことは一度もない。目につけば、どこに行くのか尋ねたはずだ。

彼らとのことは、あれからマリアに話し、ミツバチに尋ねた。

「知りませんでした」

ほとんど無表情にミツバチは答えた。

「ただ、あの子も若いので……」

ミツバチは言いにくそうに膝をなでた。

「友達が欲しいのだと思います。話しかけられれば、男でも女でも答えるでしょうし。無視したりしたら逆におかしいですし」

ミツバチにそう言われて返す言葉がなかった。

「私がよく言って聞かせますので」

「身の上が知られないようにする、ということだけは気をつけて」

何も言わないマリアに代わって、テントウムシが釘《くぎ》を刺した。

「もちろん、それは本人が一番わかっていることだと思います」

当然だろう。過去のことから逃れるためにここに来たのだから。

そんなミツバチとの会話を思い出しながら、「家の仕事も忙しいのに」とつぶやく。

「夜があるさ」

夜？　又三郎の言葉にぎょっとする。

「夜、家を抜け出してないかい。あの子が一緒にいるところを見かけたことがあるよ」

まさか、と言いそうになって口を閉じた。確かに、夜中に家を出られたらわからない。

テントウムシたちは十時を過ぎたらぐっすり寝てしまうし、一度寝たら起きない。でも、母親のミツバチと一緒の部屋だ。さすがにミツバチは気がつくだろう。

いや。ミツバチも公認なら？

彼女が見逃しているなら部屋を出られる。

よく言って聞かせます、と謝っていたけど、本心だろうか。

アゲハはまだ若い。母親として、こんなところで女たちに囲まれて過ごす日々が不憫《ふびん》になったのではないだろうか。もしもここでいい人が見つかれば、などという考えが頭をもたげたのではないか。

しかし、それならば、出ていけばいい。誰も止めはしない。それは怖いのだろうか。

けれど、『虫たちの家』の住人が男と付き合うなんて、考えもしなかった。

「でも、あの子は、みさちゃんは車の運転もできませんし、うちには古い自転車があるだけで」

テントウムシはその可能性に気がついて、慌てて言い訳する。しかし、又三郎はこともなげに言った。

「男に迎えに来させればいいだろう。島の男は、皆、車やバイクを持っている」

あ。と声にならない声が出た。

「あんた、まじめだったんだね」

又三郎は微笑む。

「俺の年代だって、そのくらいは思いつくよ」

「でも、連絡は？　あの子は携帯電話を持っていません」

彼女に限らず、個人の携帯電話は誰も持っていなかった。電話は居間に一台のみで、携帯はネットにつなげないガラケーが一台、連絡用にあるだけだ。

携帯禁止とは言っていないが、そんなことは言うまでもないと思っていた。

「網元《あみもと》の息子が買って渡した、と聞いたよ。毎月の支払いもそいつがしているらしい」

「ええ？」

感情を制御しようとしていたのに、小さく叫んでしまった。

皆、知ってる、知らないのはあんたたちだけだ、と彼はたんたんと言った。

いつからそんなことになっていたのか。

「そんな。支払いも？」

「本土から買ってきて、網元の息子の名義らしい」

「すみません。あの……網元の息子さんとは、川端という人ですか」

「いや、網元は南本《みなみもと》だが？」

テントウムシの質問で、又三郎は不審げにこちらを見た。

「川端は、網子《あみこ》の家だ。それが何か？」

「いいえ。私が勘違いしていただけです」

テントウムシは慌ててごまかす。では、あの川端エイジではなくて、南本という男と仲がいいのか。あの時は川端もアゲハに熱をあげているように見えたが。あれは川端の一方的な思い入れかもしれない。携帯電話をもらうほどの仲なら、南本が本命なのか。

しかし、携帯電話を男から買ってもらうなんて。深い仲、ということなのか。

いずれにしろ、携帯は禁止、とは伝えなかったけれど、あれはネットにつなげるものもある。知らない間にそれを持っているということは問題だし、彼らと付き合うことで、この島で目立つのも困る。

アゲハがその事件の被害者だとわかれば、『虫たちの家』に注目が集まり、テントウムシたちの身元や事件もあばかれるかもしれない。

すでにアゲハにはいくつも話し合わなければならないことがあった。考えただけで、おっくうだった。

「まあ、とにかく、あんたたちの耳に入れておかなければならないと思ってね」

老人がやっと腰をあげる。

「ありがとうございます。教えていただいて助かりました。まったく知らないことでしたので」

テントウムシは深々と彼に頭を下げた。

「まあ、おせっかいなことだが」

「いいえ、とんでもない」

彼はすっと体を寄せてきた。自分たち以外誰もいないのに、それでも他人に聞かせることを憚《はば》かっている、ささやくような声だった。

「相手は網元の息子だ。あんたら外の人間にはわからんだろうが、網元というのは村長以上に力があるんだ。注意した方がいい」

体が固く冷たく、こわばった。


小原又三郎と別れて一人農道を歩きながら、ショックで体がふわふわしていた。

あまりに問題が大きすぎて、テントウムシの手に負えない。マリアに話して、一任するしかない。ここまで何事も決めてきたのはマリアだった。大きなことも小さなことも。

しかし、ふっと先日、彼女とアゲハが二人で話していた様子を思い出す。

マリアはアゲハに甘い。気に入っている。孫のような年齢なのだから当たり前かもしれない。ことさら甘い態度を取らなくても、自然、そういうふうに見えてしまうということもある。それは、マリアだけでなく、他の人たちもそうだ。

いきいきと明るく、朗らかなアゲハは皆にかわいがられていた。

母親のミツバチとは何かとぶつかるオオムラサキでさえ、アゲハのために、食後のゼリー菓子を作っていたりする。

ミツバチもアゲハに厳しい母親とは見えない。前に男たちのことを尋ねた時も「見守ってやってほしい」と懇願された。

しかし、今回はことの重大さが異なる。

とはいえ、携帯電話だけならネットを使うほどの禁忌《きんき》でもない。この問題については最初に決めておかなかっただけに、各自の認識で少しずつ考え方が異なりそうだ。個人的な状況も違う。

自分は結局、どうしたいのか、とテントウムシは問うた。

正直、彼らとの付き合いはやめてほしかった。いや、やめてもらわなければ困る。そうでなければ、『虫たちの家』を存続できない。それも、できるだけ穏便に、相手を傷つけず、網元の家に影響をおよぼさないようなやり方で。

一度、アゲハと二人で直接話すしかない。

他の人間が入ると、テントウムシ自身の考えが阻害《そがい》されたり、横槍を入れられる可能性もある。

だいたい、本当に付き合っているのかどうかもわからないし、うわさだけが先行している可能性もある。本人に確認するのは絶対必要だ。デリケートな問題だけに。

いろいろ言い訳したり、自分に都合よく考えたりしながら、テントウムシはアゲハとの話し合いをすることに決めた。


翌日の午後、「ブーゲンビリアの花がきれいよ」と、家の裏にさりげなくアゲハを誘い、話をすることにした。

彼女は黙ってテントウムシの話を聞いていた。

途中、顔色を変えたり、言い訳をしたりするそぶりも見せず、もちろん、泣くなんて気配もまったくない。小憎らしいほど平然として、ただうなずいている。

「……という話を聞いたんだけど、本当なの？　うわさ、ということだから、あなたの口からちゃんと聞きたくてね」

テントウムシが誰にも話してない、ということを知ると、アゲハはふうっと息を吐いた。

「やっぱり、テントウムシさんだよね」

にっこりと笑いさえした。テントウムシの方がなぜかたじろぐ。

「ちゃんとあたしのことを信用して立てて聞いてくれたんでしょ。理性的だし、優しい。ママとは大違い」

「それは……実の親娘と同居人じゃ、立場も考え方も違うでしょ」

「そうだけど、ママだったら、きっと大騒ぎになって泣きわめいたり怒鳴ったり、大変なことになるよ」

それは以前にアゲハの男友達について尋ねた時の母親の印象とはまったく違っていたけど、テントウムシは黙っていた。

「テントウムシさんがお母さんならきっとあたしのことをもっと考えてくれるんだろうな」

話しながら、アゲハはブーゲンビリアの花の周りを歩いた。手を後ろに組み、時折、花弁に触れたり、唇を近づけたりした。濃いピンクのその花は、色の白いアゲハによく似合っていた。まるでその名の通り蝶みたいに。

自然、テントウムシはその後を追うようになる。

「恋愛禁止なの？」

急に立ち止まって、くるりとこちらを見た。

「……禁止というわけでは。でも」

恋愛禁止。その学校の規則のような、それでいながら、アイドル歌手が口にするような軽い言葉は、今の複雑な、島とこの家をとり囲む状況とは一線を画していた。

しかし、それをこの子供のような若い女にうまく説明できる気がしなかった。

「じゃあ、やめる。っていうか、付き合ってもないよ」

「そうなの？」

「携帯は無理やり渡されたの。いらないって言うのに、無理やり」

アゲハはポケットから小さな丸っこいピンク色の機械を出した。それは昔流行《はや》ったたまごっちを一回り大きくしたようなサイズだった。

「これ、子供用の携帯だよ。前にネットはだめって言われたから。ネットは見られないし、三つの番号にしかかけられないようになってる」

「あら、こんなのなの」

「夜は出かけたことなんて一度もない。本当に一度も。時々、他の人とスーパーに行ったり、畑の帰りとかに話しかけられたりしただけ。あと、一回、家の近くに来てくれて、話したかな」

では、小原の見間違いだろうか。でなければ、この子がうそをついていることになる。

テントウムシにはそのどちらにも確信が持てなかった。

「たぶん、向こうもあたしのことなんか、妹ぐらいにしか思ってないよ」

アゲハが図らずも言った「妹」という言葉で、さらにかき乱された。

妹？

妹というのは、もしかしたら、恋人や彼女というのより、強い言葉じゃないか。そういうことを軽々《かるがる》言うほどの関係がもうあるのか。それとも、私の考えすぎだろうか。

「妹というほど、アゲハちゃんはその人と仲がいいの？」

「え」

彼女は一瞬、驚いて目を見張る。しかし、すぐに真顔に戻った。

「だって、妹というのは身内じゃない。恋人以上でしょ」

「違う、違う。子供としか思われてないってこと」

「そうなの？　兄妹みたいにお互い理解し合っているっていうことかと思った」

「だから、違うって」

笑いながらだが、一番きつい声だった。いらだっているような。

「それならいいけど」

「とにかく、もう会わないから。絶対会わない。これから二度と会わないし、携帯も返すから。あ、携帯を返す時に一度会うか」

「それぐらいはいいけど。でも、気をつけてね。向こうは網元さんだから、こじれたりしたら余計、困る。よかったら、私も行こうか」

「大丈夫、大丈夫。話がわかるやつだし、いいやつだよ」

また、ちょっと不安がよぎる。

「そんないい人なのに、って悪く思うけど、でもね、アゲハちゃん、ここにいる限りは」

「わかってるって」

「あなたのことだけじゃなくて、他の人のこともあるからね。それだけはわかって」

アゲハは大きくうなずいた。

まだ、花を見ている、とアゲハは裏庭に残った。テントウムシはどこかわだかまりを残しながら、部屋に入った。

アゲハがもしうそをついているなら、そういう女なのだと知っておかなくてはならない。

3

数日後、買い物の帰りに軽自動車を運転しながら、テントウムシはまだ迷っていた。

買い物行くひとー？　と昼食後に声をかけたが、アゲハはちらりとこちらを見ただけで手をあげなかった。

とはいえ、彼女と気まずい関係というわけではない。あの後彼女は見事なほど、変わらぬ態度を続けていた。

「今日は図書館に寄ってきます。何かご用はありますか」

それもちゃんと言ってきた。マリアが刺繍《ししゅう》の図案集を依頼し、ミミズが女優のエッセイの返却を頼んできた。オオムラサキはあまり本を読まない。

メモ通りの買い物を終わらせて、図書館に向かう。図書館の建物は、島の高台の比較的新しい建物である。

他に図書館は小学校と中学校、合同の建物の中に小さいのがあって、許可をとれば同じ図書カードで借りることができることになっている。テントウムシは使ったことはないが。

島の図書館は平日の午後ならいつも空いている。入り口で顔見知りの司書《ししょ》の女性が笑顔で会釈をしてくれた。

このあたりの人はあんまり本を読まないんですよ、と前に愚痴《ぐち》られたことがある。

「そんなことないでしょう」と、軽く返した。「私だって読むのが楽なミステリーばっかりです」

「いいえ、ミステリーだって、『本を読むなんて偉いな』って言われるほどですから。女性作家が書いたミステリーがお好みですか」

女性に限定しているわけではないが、自然にそれを選ぶことが多かった。彼女たちのなら、突然、凄惨な暴力が入ったり、男の身勝手な論理が始まったりすることが比較的少ないからだ。

「気に入った作者ができたら、その人のを全部読むっていうのが好きなんです」

「わー、私も一緒だ」

彼女は、本当はもっとテントウムシと本の話をしたいのだろうとわかった。同じくらいの年頃で、一度、小学生ぐらいの子供を軽自動車に乗せているのを見たことがある。

テントウムシも二十代の頃、司書の仕事をしていたことがある。本の話だけならテントウムシだってしたい。けれど、それ以上、踏み込まれては困るので、つかず離れずの距離を保っている。

頼まれた本を返し、自分のための本を借りる。読書はここでの数少ない娯楽だから、いつも選ぶ時は真剣だけど、今日はどこか適当だった。

「これ、きっと最後にかなりやられますよ」

司書の彼女が貸し出しの時、微笑みながら言った。

「それは、楽しみです」

「この作者なら……」

いくつかの書名を挙げて説明してくれるのを、笑顔で聞きながら上《うわ》の空《そら》だった。

貸し出しを終えると、普段はそのまま外に出るのだが、今日は意を決して生物の専門書を置いている棚に行く。

いつもはミステリーばかり読んでいるテントウムシがそこに行くなんて、おかしく思われるのではないか。

司書の女性の方をちらりと見たが、彼女は顔を伏せて何か書き物をしていた。

背表紙を見ながら、自分に必要な本を三冊選んだ。

昆虫事典、昆虫の生態について書いた本が二冊。

そして、司書から見えない場所のテーブルに行って、そっと本を開いた。

目的は一つだった。「アゲハチョウ」の項目を見ること。

これは家に持って帰って読むわけにいかない。『虫たちの家』の住人に名前をつけるのは、マリアの専売特許だ。過去を完全に切り離している、とはいっても、なんらかの特徴をつかんで名前をつけていることはわかっている。

例えば、テントウムシには、肉食の種と草食の種がいるらしい。住む場所や環境によって食べ物が違うように進化してきたのだ。そんなテントウムシのように強く生きてほしい、という願いを込めてつけてもらった。さらにテントウムシは「天道虫」とも書く。高い場所に上って太陽に向かって飛んでいく習性からそうつけられた。マリアと出会った時、テントウムシは暗闇の中にいた。しかし、マリアはそんな彼女に太陽に向かって飛び立てるような明るさと強さを見出《みいだ》していた、とのちに話してくれた。

そんなふうに名前をつけるマリアだから、アゲハにもなんらかの意味があるに違いなかった。

アゲハチョウ、の項目の副題に「美しく舞う策略家」と書かれていて、どきり、とする。

アゲハチョウに限らず、蝶がひらひらと舞うのは鳥などの天敵を避けるためであり、アゲハの幼虫は大きな目玉の模様で蛇を模《も》して鳥を避けるという。鳥が近づくと鎌首《かまくび》をもたげて、さらに蛇のように擬態《ぎたい》するそうだ。

さらに成虫のアゲハチョウにはしっぽのような尾状突起があるが、それを触覚に見せ、オレンジ色の羽模様を目に見せることによって、そちら側を頭だと錯覚させる。そっちを攻撃させている間に逃げる策略だ。

なるほど、と思いながら本を閉じる。

アゲハチョウの特徴を大きく言うと「擬態」だ。別のものや別の体に見せて、敵から逃げる。

美しいアゲハはあの姿で何を「擬態」しているのだろう。彼女の敵とはなんだろうか。

図書館に着いてから三十分以上が経ってしまった。ここであまり時間は取れない。今日はそれを見越して、急いで買い物もすませたけど。

本をまとめて立ち上がる。図書館の中に他に人影はない。平日の午後だから、司書以外は遠くの幼児本コーナーにベビーカーのお母さんが絵本を読んでやっているのが見えるだけだ。

テントウムシがいる閲覧コーナーには、木製の大きな丸テーブルと椅子が並んでいる。そして、壁側にずらりとデスクトップ型パソコンが並んでいた。半分は館内の本を検索するためのもので、半分はさらに、普通の外のネットとつながったコンピューターだ。

ふっと、あれを使えば、アゲハのことを調べられる、と思った。

ネットを使うのは、『虫たちの家』で最も強い禁止事項だった。テントウムシもその他の人間も、それによって、傷つけられ、すべてを奪われてきた。『虫たちの家』の住人たちはマリア以外お互いの過去を知らない。話したければ話してもいいが、嫌ならその必要はない。それだからこそ、安心して暮らしていける。あり得ない、いったい自分は何を考えているのか。テントウムシは自分を恥じながら席を立った。

出入り口に向かいながら、ベビーカーの母親とすれ違う。彼女は自然に会釈する。この島の人間なら誰もがすることだ。テントウムシも同じように返しながら、ベビーカーの中をのぞく。目のぱっちりした十か月ぐらいの赤ん坊が泣きもせず、こちらを見上げている。口の周りをよだれでべたべたに汚し、甘い匂いがふんわりと漂う。

テントウムシの決して手に入れられないもの。捨ててきた過去。

パソコンの方を振り返る。それだけで胸がどきどきして痛いほどだった。検索という概念を考えるのもつらい。

だけど、耐えなければならない。私はもう過去には戻れない。普通の幸せは望むべくもない。結婚も子供も絶対に手に入らない。そして、今は『虫たちの家』で生きていくほかはないのだ。ならば、それを守るのが一番の使命なのだ。そのためには、どんな小さな問題も、それが小さければ小さいほど、その間に潰しておかなければならない。

アゲハは今、まだ『虫たちの家』の異分子《いぶんし》だ。彼女が溶け込むまで、細心の注意を払う必要がある。

テントウムシはベビーカーの母親にもう一度頭を下げて、パソコンのコーナーに戻った。

一歩一歩、近づくたびに苦しくなる。でも。

あの子のすべてを知るため。

それが必要なのだと、自分に言い聞かせながら。

＊　＊　＊

あの国に着いて二日目、私が朝起きて母のいるキッチンに行くと、若い女がいました。ジャミーラです。

彼女は私の気配を感じて振り返りました。彼女は浅黒い顔と手をしていました。私はびっくりしました。今まで、家の中に家族の他、お客さま以外、誰も入ってきたことはなかったからです。しかも、彼女は一目で日本人ではないというのがわかりました。

彼女は私の顔を見ると、何かよくわからない言葉をささやき、すぐにしゃがみ込みました。私と同じ目線になるために。そして、「私はジャミーラです」と、そう下手《へた》ではないけど、明らかに日本人ではない発音で言いました。

私は正直、少し怖かったのでその場を離れ両親のもとに行きたくなりました。でも、彼女が悪意を持って接しているのではない、ということがわかっているのに、それは失礼だろう、と思って我慢しました。九歳の私にもそれぐらいの礼儀はあったのです。

すると彼女は微笑んで、「いい子ね」と言いました。

その時、私はわかったのです。ジャミーラに私の気持ちが伝わったことを。彼女は私が気を遣っている、ということを評価してくれたことも。

おかげで私は彼女のことが、いっぺんに好きになりました。彼女もまた、私を好きになったようでした。

ジャミーラは私の方に手を伸ばして、そして、躊躇しました。私の身に触れて、怖がらせたらいけないと思ったようでした。だから、私はかまわないよ、という意味を込めてうなずきました。また、彼女は微笑んで、私の手を握りました。握手というより、包み込む感じで。

その時、母が私の後ろに来て、ジャミーラを紹介しました。ジャミーラが通いのメイドなこと、日曜日以外は毎日来て、買い物と掃除、洗濯、料理などをしてくれることを説明しました。ジャミーラが少しなら日本語も話せること、これまで、何人もここにいた日本人のメイドを続けていることなども。

〝奥様〟である母の言葉を、ジャミーラは黙って聞いていて、時折、私と目を合わせました。母はいつもより、ちょっとよそいきの感じで話していました。初めて持つ「メイド」に緊張していたか、興奮していたのでしょう。

でも、私はもう、そういうジャミーラの経歴は知らなくても、彼女とはすでに仲良しなのだ、ということを感じていました。どこか通ずるものがある仲間なのだと。ここにいる、少し気取った母よりも、ジャミーラと私の気持ちは通じている。

母の話が終わると、ジャミーラは「ジャミと呼んでください。他の日本人もそう呼びました」と私に向かって言いました。

「ジャミさん」

私はおそるおそる、という感じで口に載せました。

「さんはいりません。ジャミでいいです」

「じゃあ、ジャミ、お父さんのワイシャツにアイロンをかけてほしいんだけど、アイロンがどこにあるのか見当たらない……」

母が早口で言いつけました。

「はい、奥様」

ジャミは母の先に立って、物置き部屋の方に歩いていきました。かつてこの、同じ部屋に父の仕事の前任者の家族も住んでいて、ジャミはその家族にもメイドとしてついていました。家具や家電製品は部屋に据え置きになっていましたから、ジャミにとってはまさに

「勝手知ったる他人の家」というところだったのでしょう。

「奥様だって」

私は母にそう言って笑いたかったのです。でも、母は私の様子にも、自分が「奥様」と呼ばれたことへの滑稽《こっけい》さにも気づいていないようで、ジャミがアイロンを出す様子を見ていました。

私が何か不安を感じたのはその時です。これまでとは違うことが起きるような何か、です。


ジャミがアイロンをかけたシャツを着た父と、母と一緒に、私は学校に行きました。学校は私たちが住んでいる場所と同じ敷地内、塀の中にありました。

校長先生に挨拶して、と言っても校長先生は五年生と六年生の担任でもある人ですけれども、三年生の私は三年と四年生が学んでいる教室に行きました。一年と二年は教頭先生が担任しているのです。三年と四年の担任、米田《よねだ》先生だけが校長でも教頭でもない先生でした。

米田先生は、三十歳ぐらいの女の先生でした。校長先生や教頭先生との挨拶が終わると、私はすぐに両親と引き離され、一緒に三、四年生の教室に行きました。

教室に行くまで、私には三年生と四年生が一緒の教室で勉強している、生徒がとても少ない、という意味がよくわかりませんでした。

でも、実際に教室に行くと、本当に全部で十人ぐらいの子供が、日本の学校の半分ぐらいの教室にぱらぱらと机を並べていて、ああそういうことなのか、と思いました。考えていたより、その情景にはすぐになじみました。三年生は女子二人と、男子二人で、彼らは互いに分かちがたく生まれた双子のように机をくっつけていました。

米田先生は私を簡単に紹介して、彼らの後ろに一人で座らせました。

二つの学年が交互に授業する、というやり方も案外、始まってしまえば、そんなものかと思うような感じでした。お昼ご飯は一度自分の家に帰って（同じ敷地の中にあるから簡単なのです）食べるというのは新鮮でしたが、それにもすぐに慣れました。

慣れないのは、私よりもクラスメートの方のようでした。彼らは男女二人ずつで、女子同士、男子同士で行動する、というやり方がすでに出来上がっていて、私という異分子が入ってきたことに、少し混乱しているようでした。

とはいえ、目立っていじめたり、陰口をたたいたり、ということではないのです。少なくとも、最初の時点では。

ただ、なんとなく、私を「ないものとして扱う」ということで四人は納得したみたいでした。

というか、女子の一人、氷室美鈴《ひむろみすず》が私を「ないものとして扱う」と決めたので、他の人間もそれに従っていた、というのがわかりやすいかもしれません。氷室美鈴さんは他の子供より、一回り体が大きくて、とても落ち着いていました。隣で勉強している、四年生よりも大きかったのです。

第一日目、私に話しかけてきたのは、氷室さんだけでした。一時間目の授業が終わった時です。

「日本ではどこに住んでいたの？」

「東京……」

「東京のどこ？」

「杉並《すぎなみ》」

ああ、というように氷室さんはうなずきました。そして、「あたし、あそこ、嫌い」と言いました。それだけでした。

私はいつ頃、気がついたのでしょう。

その場所がどこにも行けない場所だということに。

クラスで友達ができなかったら、もう他のどこにもできないのだということ。家に帰っても両親とジャミしかいないこと。母でさえ、買い物にも行けなくて、週に一度来るマーケットのトラックからしなびた野菜やよくわからない肉の塊《かたまり》を買うほかはジャミに買ってきてもらうしかないこと。それでももう動物ビスケットやさまざまな色のドロップはどこにもないこと。

そんな、すべてのことに。

Ⅲ

1

その少女を見つけたのは、アゲハが先だった。

いつもと同じように買い物と図書館に行く道すがらの村道、軽自動車を走らせていると、彼女が鋭く叫んだ。

「あ、あの子！」

アゲハの指さす方向には、ムスリムの女だと一目でわかる、スカーフをかぶった少女が歩いていた。あたりは何もない草原の一本道で、片側に海が開けている。

「水産加工会社のところに来ている実習生ね」

彼らが日本の優れた技能を学ぶ、という名目で、きつい単純労働を低賃金で請け負っている海外労働者であるということは、皆が知っている。

テントウムシはちらりと見て、少女を追い越した。さびしげな横顔が残像のように残った。けれど、彼女らが歩いているのは、この島では見慣れた風景だ。

アゲハは窓を開けながら、「止めて止めて」と言う。

「あの子、乗せてあげよう」

「いいけど、たぶん、工場に戻るだけよ」

この道で彼女たちはよく休日や休み時間に連れだって歩いている。どこかに買い物に行くか、散歩でもしているのだろう。

しかし、アゲハの言う通り、車を止めた。二人そろって後ろを見た。数十メートル後ろの草陰に、スカーフが見え隠れしている。

「あの子は違うと思う」

「え?」

「あの子はちょっと違う。絶対」

アゲハはきっぱりと言った。

「どういう意味?」

「なんかわからないけど、あの子は行くところのない、居場所のない子」

「そんな」

意味がわからない。彼女たちは工場があるし、そこには寮が併設《へいせつ》されている。何より、彼女には故郷がある。何年もの重労働をしてでも守りたい、大切な家族とふるさとが。

「たぶん、家出してきたんだよ」

アゲハがじっと見ながら言った。故意なのか無意識なのか、テントウムシの方に顔を向けない。

「どうしてわかるの？」

「あたしも何度もしたから、よくわかる」

「いつ？」

答えずに、アゲハは助手席のドアを開けて、走っていった。

二人が並んでこちらに来るのをただ待っていた。アゲハは姉のように少女に何か話しかけているが、少女はうつむきがちで頭を振ったりうなずいたりしかしていない。

ぽっちゃりした体形で、アゲハより頭一つ分、背が低い。彼女と並ぶとアゲハがことさらひょろりと見える。

事情ありげな実習生を拾っていいのだろうか。もしかして、面倒なことになるのではないかと一瞬心配し、その考えを追い払った。あのアゲハがめずらしく自らすすんで人を助けようとしているのだ。手伝ってやりたかった。

こんな気持ちになるのは、図書館でアゲハのことを知ってしまったからか。

「やっぱり、港の先の、水産工場の人だって」

アゲハは戻ってきて、助手席に乗り込んだ。少女を後ろに乗せて、ことさら明るい声を張り上げる。

テントウムシはあいまいに微笑んだ。それは連れてこなくてもわかっていることだ。

「どこまで乗せていけばいいの？」

車を走らせながら、テントウムシはできるだけ優しく尋ねた。

少女は答えない。うつむいているだけだ。赤っぽい模様のスカーフ、体にぴったりした
くすんだ黄色のＴシャツとズボンを身に着けている。

テントウムシはちらりとアゲハを見た。どうするつもりなの？　という気持ちを込めて。

「インドネシアから来たんだって」

アゲハはそう言っただけだった。

「名前は？」

テントウムシは尋ねた。

「名前、ネーム？　ユアネーム？」

「イルダ」

彼女がぽつんと答える。

「イルダ。イルダちゃんね」

「イルダ、お茶でも飲む？」

アゲハは『虫たちの家』を出る時に、オオムラサキが用意してくれた水筒を差し出した。

強く首を振った。

「お腹空いている？　お菓子食べる？」

幸い、スーパーの帰りなので、買い物袋の中に煎餅《せんべい》やのど飴《あめ》があった。

彼女はさらに強く首を振った。

テントウムシはふっと気がついた。今はラマダン（断食月）ではないか、と。

「もしかして、ラマダン中なの？」

イルダは目を見開いてうなずいた。

「彼女は食べないわ」

「なんで」

「ラマダンなのよ」

「ラマダン？」

「断食月なの。イスラム教徒は一年に一回、一か月間、断食をしなければならないのよ」

「そうなの？　大変だね」

「太陽が出ているうちはものを食べたり水を飲んだりしちゃいけないのよね？」

イルダに向かって尋ねると、もう一度、深くうなずく。

「えー、水も飲めないの！」

のどが渇いたらどうするの？　死んじゃうじゃん！　抗議の声を上げるアゲハを無視して、また話しかける。

「かわいいヒジャブね」

少女の目が驚きで見開かれた。テントウムシにはわかった。彼女が驚いたのは、その名前を当てただけでなく、ヒジャブ、の発音が正確だからだ。

「ヒジャブを知っていますか」

日本語は正確できれいだった。

「ええ。私はイスラム系の国に住んだことがあるから」

うっそ、テントウムシさん、外国に住んだことあるの？　かっこいいじゃん。イスラムの国ってどこ？　というアゲハをまた無視する。

「ヒジャブ、すぐにわかった人、島の日本人では初めてです」

「とてもすてき。お母さんに買ってもらったの？」

大きくうなずく。

「ヒジャブって何？」

アゲハが仲間外れにされた子供のような声を出した。

「イルダちゃんがかぶってる、スカーフのこと」

「ヒジャブって言うんだ」

そして、テントウムシはアゲハに言った。

「もう少し行くと、見晴らし台があるじゃない。あそこで少し車を止めようか」

『虫たちの家』には連絡用に持ってきた携帯電話で事情を説明した。

「そういうことなら、ゆっくり話を聞いてあげて」

マリアは穏やかに言った。

「よかったら、うちに連れてきてもいいわよ」

しかし、それはリスクが高すぎる、と思いながら、テントウムシは電話を切った。イルダのところの会社社長は知らない人だ。外国人実習生を黙って連れて行ったりしたら、大騒ぎになるだろう。

アゲハとイルダは見晴らし台の手すりのところで、身を乗り出して海を見ていた。

「イルダちゃん、ここは初めて？」

後ろから声をかけると、振り返って恥ずかしそうに「一度、来たことがあります。社長さんが見学に連れてきてくれた」と答えた。

「社長さんに連絡してあげようか」

イルダはまた、困ったようにうつむく。

「上手に言ってあげるよ。道に迷っているのを見つけた、とか、気分が悪そうだから少し様子を見ている、とか」

「イルダちゃん、帰りたくないんだよ！　困ってるじゃん！」

アゲハが抗議した。

「でもね、イルダちゃんも迷っているんだよね」

イルダはちょっと考えて首を傾げた。

「できるだけ帰りやすいようにしておいた方がいい、どちらにしても」

「迷っているって、何を？」

「あなたが言った通り、家出してきたんでしょ。あ、工場だから家出とは言わないか。工場出」

アゲハとイルダが顔を見合わせる。

「工場に戻るか、国に帰るか、迷ってるんだよね」

そうだよね、と語りかけると、うなずいた。

テントウムシとアゲハが口々にうながして、イルダから聞き出した話は、やはり深刻な悩みだった。

イルダは「今の工場や社長さんに不満はない」ということをくり返し、言った。

「優しいです、会社の人、皆。仕事は大変だし、お給料は安いけど」

「わかるよ。私も工場で働いたことがあるから」

「え」とイルダは驚いた。「若い日本人も工場で働くのですか」

「若くないよ」とテントウムシが口をはさんだ。

「だよねー、あたしのお母さんと同い年だもん。おばちゃんだよ」

「言ったな」

アゲハを軽くにらむと、イルダが困った顔になり、工場で働いているのは、自分たちのような実習生か、昔からいる老女たちだけで、テントウムシのような女は働いているのを見たことがない、と言う。

「そうね。確かに、私のような人間は少ないかも。島の若い人なら他にも仕事があるからね。でも、ここに来たばかりの頃、一時期働いていたのよ。本当に大変だった。臭いし、立ちっぱなしだし、どこもかしこもぬるぬるするし、血だらけになるし」

大量の魚をさばいて加工し、日本各所に送れるように箱詰めにする。夕方になると、疲労で目の前がぼんやりするほどで、立っているのがやっとだった。朦朧《もうろう》とした中で、ただ、手だけを動かしていた。あれでよく大きなケガをしなかったものだと、今でもぞっとする。

「厚い手袋をして、ゴムでできたつなぎを着ているのに、体に臭いが染みつくの。つらかった」

あれを経験すると、これからはどんなことでも我慢できそうな気がする、と自然にしみじみとした口調になった。

「仕事は大変です。でも、仕事はいいのです。つらいのはわかっていましたから」

「じゃあ、お友達のこと？　宗教のこと？」

両方です、とイルダは答えた。

でも、社長さんたちはイスラム教のことを理解しようとしてくれている、と彼女はここでも日本人をかばった。

お祈りも時間通りさせてくれるし、豚肉を食べないということもよくわかっていて、調理は好きなようにさせているらしい。だから、彼女たちは皆一緒に同じ寮に住んで、食事は交代に作るのだそうだ。

「でも、ハラルの食材は手に入らないでしょ、ここでは」

ハラルと言うのは、イスラム教の人用に処理された食材だ、とアゲハに教えた。

「ハラールは無理です。でも、魚がたくさんあるし、私は大丈夫」

イルダはそれから、たどたどしく説明した。日本語は上手だが、自分の気持ちをうまく言えないようだった。特に宗教の問題はむずかしいのだろう。

日本語は、強い感情や愛情を示すのにはどこか不向きな言語なのかもしれない、とテントウムシはふっと思った。

「私は豚肉食べない、他のインドネシア人も一緒。でも、ハラールフードまではしなくて大丈夫。他の人もそう。でも、私はラマダーンはちゃんとしたい。他の人はそうでもない……。

「うまく言えない。説明、むずかしい」

最後に泣きそうな顔になって、口をつぐむ。

「大丈夫、わかるよ。同じ宗教でも、いろいろ違う、ということでしょ。あなたと他のインドネシアから来た人でも、同じ国、同じ宗教でも考え方が違う、と」

「そうです、ありがとう」

イルダはテントウムシが理解してくれたのが嬉しいようで、礼を言った。

「つまりね」アゲハに向かって説明する。「日本人の宗教でも、仏教やキリスト教でもいろいろな宗派があるでしょ。帰依《きえ》の深さも違う。仏教でも、お正月にお参りに行くだけの人もいるし、ちゃんとお寺で修行する人もいる。そういう宗教の濃度があるのね。イルダちゃんはヒジャブをかぶってるだけだけど、同じ宗教でも違う国では全身をアバヤっていう黒い服で覆っている人もいる」

「そうです。中には、日本のラーメンを食べてみたいと言うような人もいる。とんこつラーメン」

思わず、テントウムシもアゲハもふき出した。

「さすがに、とんこつラーメンはやばいんじゃない」

「口だけだと思うけど、故郷ではそんなこと絶対言わないのに……だから」

ラマダンも人や家によってさまざまらしい。厳密にやる人もいれば、外国に来ているのだからいいのではないか、と言う人も。

イルダ以外の女性は、どちらかというと後者だ。もちろん、ラマダンは意識していて、昼間は固形物を食べない。ただ、水だけは飲んでもいいのではないか、と言う。遠い異国の地で働いているのだ。そのぐらい、神も許してくれるのではないか、と。

実際、ラマダンは重労働に従事している者や旅行者、妊婦などには免除されたり時期をずらしたりできる規則もあるそうだ。それをここでも適応できると解釈している。

「でも、私は他の人のことは気にしません。しなくてもいいと思うなら、強制はしない。だけど」

日中は水も飲まないイルダは、午後になるとどうしても作業の効率が下がってしまう。工場の流れ作業は一人の失敗で全体がとどこおることもある。社長は何も言わないが、実習生たちがどこかイライラしている雰囲気はあるそうだ。

その中には、融通が利かないイルダに対するものだけでなく、自分たちがラマダンを厳守していないことへの罪悪感もあるのだろう、とテントウムシは考えた。いじめ、とまでいかなくても、疎外《そがい》されているのかもしれない。

そんなこんなで、工場にいるのがつらくなってしまったらしい。昼休みの時間が終わった後、午後の仕事に戻らず、ふらふらと港に向かって歩き出してしまった。

「どうしたらいいのか、わからない」

テントウムシは時計をちらりと見る。二時をまわっていた。工場では、イルダが消えたことにもう気がついているだろう。慌てて探し回っているかもしれない。ただ、島からは船に乗らないと本土には逃げられない。逃亡の恐れはないから、そう心配していない可能性もある。

「私から社長か、工場の人に話してあげようか」

言ってしまってから、ほんの少し後悔する。島の中では目立ちたくない。それに、よそものに口出しされるのはいずれにしろ嫌がられるだろう。

けれど、それを押しても、テントウムシにはイルダに対する同情があった。

異文化、異言語の中で暮らすのは並大抵のことではない。宗教の違いがあればなおのことだ。

「つまり、イルダちゃんが工場に帰った方がいいってことね？　インドネシアに帰るんじゃなく」

これまで黙っていたアゲハがテントウムシに向かって言った。

「あたしはそうは思わないな。そんな嫌なとこならやめちゃえばいい。いくらお金のためだってさ、宗教とかをやぶってまですることないよ。人間は自由なんだからさ」

「違うのよ」

テントウムシは静かに言った。その口をとじさせるためだったが、アゲハには通じなかったようだ。

「本当につらいことはわからないんでしょ。それは自分の居場所がないことだよ。そういうところに住んでいること。はぶにされる気持ちとか。悲しくてつらくて、でも、誰にも言えないし、恥ずかしいし、みじめだし、ばかみたい」

言いながら興奮してきたのか、最後の方は自分でも何を言っているのかわかってないようだった。

「だから、違うって言ってるでしょ！」

思わず、厳しい声が出た。テントウムシがそんな口調で怒ったことは初めてだから驚いたようだった。

「帰った方がいいとか悪いとか、そういう問題じゃないの。彼女は帰れないの」

テントウムシは、イルダの方を見た。二人の言い合いに目を見張っている彼女の手を両手で包むように取った。

「工場に残るしかないのよね？　わかってるよね？」

イルダはうなずいた。その時、初めて、彼女の目からぽろりと涙が出た。

「私から社長に話してあげる。悪いようにはしない。ラマダンは後どのぐらい？」

「二週間ぐらい」

「その間、別の仕事に変えてもらえるように言うから」

「ありがとう」

「だけど、他の実習生たちには自分で説明しなきゃならないよ。二週間でも、楽な作業に行くことをよく思わない人もいるかもしれない。来年は実習生、皆がラマダンを順守すると言い出すかも。そうなると、社長や他の人の好意を無にすることになる。まあ、それはその時のことだけど、自分の気持ちとか、宗教のこととかちゃんと話し合うんだよ」

わかった、とイルダは言った。大丈夫、とも。宗教のそういう違いは本国でも時々問題になるから、お互いわかっている部分もある。今はただ、工場全体の仕事に差しさわりがあることが問題だから。

じゃあ、行こうか、と言って立ち上がった。イルダは名残惜《なごりお》しそうに、海の方を見た。

イルダを送って、水産加工会社まで行った。

『佐竹《さたけ》水産』と看板が出ている工場の横の、事務所の前で軽自動車を止めた。

二人には気づかれないように、ふうっと鼻から息を吐く。ここからはまた、島の人たちと接触しなければならない。決して、ぼろを出さないように、細心の注意を払わなければ。

戦闘開始、と自分の胸につぶやきながら、ドアを開けた。

アゲハはここにいなさい、と軽自動車の中に残したまま、イルダと一緒に外に出た。アゲハは少し不満そうだったが、人前に出したくなかった。

「イルダ！」

事務所の中からテントウムシより少し若いと思われる女が走って出てきた。

「よかった。いなくなったから、びっくりした。今、社長たちがそこらを探してるのよ」

「副社長、ごめんなさい」

イルダがつぶやいた。

「あの」

テントウムシは副社長と呼ばれた女に声をかけた。作業着は着ているが、髪はちゃんとセットし、薄化粧もほどこして身ぎれいにしている女だった。けれど、イルダを責めるようなことは一言も言わない。ほっとした。

「すみません。私が間違えてしまって」

テントウムシは頭を下げながら、もともと考えていた言い訳をした。

「イルダさんがいるのを道に迷っているのかと勘違いして、港の方まで連れて行ってしまいそうになって、途中で気がついて、こちらに戻ったんです」

切れ長の目を見開いて、テントウムシの説明を聞いていた。

「いえいえ、こちらこそ。ここまで送っていただいて、ありがとうございます」

到底、納得できる説明ではなかったはずなのに、彼女はすぐに頭を下げた。

「佐竹の妻の、早苗《さなえ》です。イルダがお世話になりました」

この副社長が、佐竹社長の奥さんなのだ、とわかった。

社長にも謝罪したい、とテントウムシが頼む前に、「今、夫も戻りますので、事務所でお茶でもどうぞ」と誘ってくれた。

「あんた、常磐町に住んでいる、本土から来た人だろ？」

社長の佐竹は、事務所に入ってくるなり、ざっくばらんに言って、テントウムシの前に座った。常磐は『虫たちの家』のある地域の名前だ。

イルダはすでに寮に戻っていた。事務所に入るなり、そこにいた社員たちが口々に、イルダよかった、探したんだよ、などと声をかけた。しばらく休ませます、と早苗が言って、イルダは寮に戻った。

そこに帰ってきたのが、佐竹だった。

髪を短く切り、日に焼けた精悍《せいかん》な顔つきの男だった。テントウムシが働いていた工場はここととは反対側だから初対面だったが、実習生を使い手広くやっていて、このあたりでは大きな会社の一つであることは知っている。

「前に池田《いけだ》水産で働いていた人だよね」

皆、私たちの一挙一動を知っているんだな。前からわかっていたことだが、苦笑しそうになって、それを抑える。

「はい、田中と申します」

テントウムシはここに来る前、マリアの戸籍に養女として入って、島民には田中の姓を名乗っていた。

「いや、池田さんがさ、褒めてたよ。すぐに音《ね》を上げてやめるかと思ったらワンシーズン持ったって。なかなか性根《しょうね》の据わった女だって」

「女だなんて……すみません。うちの人は言葉が悪くて」

端《はた》から妻が夫の前にもお茶を置きながら謝った。真《まこと》君、失礼だよ、と叱りながら。

「いいえ、そんなふうに言っていただいて、光栄です」

テントウムシが頭を下げると、光栄ですだってさ、佐竹が妻に向かって笑う。

「だから、それが失礼だって言うの」

仲が良く、風通しも良さそうな夫婦だった。

「これは」と佐竹が妻を親ゆびで指した。「本土の人間だからね。いろいろうるさいんだよ」

「ああ、そうなんですか」

妻は笑いながら、お盆を持って立った。

「あの」

テントウムシが居住まいを正して言った。

「イルダさんのことですけど」

「逃げたんだろ」

わかってたのか。下手な言い訳をしてもある程度はばれるだろうと思ってはいたが。

「この辺に迷うような道はないからな」

「いえ、あの」

事実はそうでも、少しでもイルダの心証をよくしたい。

「いいんだよ。毎年、そういう子はいるから、わかってる」

「でも、彼女は本当に逃亡しようと思ったのではないようです。だって、自分から帰りたいと言ったんですから」

「大丈夫、あの子はまじめだし、よく働く子だから、その分、思いつめたんだろ。こっちもちゃんとわかってるから」

「ほんのできごころで、一瞬、ふらっとしただけです」

「しばらく注意しておくよ」

「ただ、ちょっと社長さんにお願いしたいことが」

「何よ」

佐竹がまじめな顔になると、やはり迫力があった。

テントウムシは少し怖気《おじけ》づきながらも、懸命に説明した。イルダの宗教のことわかってらっしゃるとは思うが、他の実習生たちとの関係もあって悩んでいるらしいので、ラマダンの間だけは他の作業に移してほしい。もし、どうしても人材が足りないようなら、イルダのところに自分が入ってもいい……。

「わかった」

佐竹はテントウムシがすべてを話し終わる前に、簡単に請け合った。

「それなら、仕分け作業の方に移す。今それを担当している俺のおふくろをイルダのところに入れる。いいか」

「そうしてもらえれば、彼女も安心します」

「それから、あんたが代わりに入ってくれるという話。すぐは必要ないけど、今後、人手がどうしても足りない時、声をかけてもいいか」

「あ、もちろんです」

正直、あのつらい作業をしなければならないのは、敬遠したいことではあったが、そのぐらいはしなければ、こちらばかりがお願いするのは虫が良すぎる。

「助かるよ。若い経験者が来てくれるのは本当にありがたい」

「こちらこそ、ありがとうございます」

「いや、あんたが人権派弁護士みたいなことを言い出したらどうしようかと思ってたけど、そんなことならわけない」

「人権派弁護士？」

「最近さ、時々聞くんだよ。不満を持ったり、逃げ出したりした実習生をたきつけて、技能実習制度を不当な雇用だって裁判を起こす弁護士がいるって」

「ニュースで聞いたことがあります。ここでもそういう動きがあるんですか」

「いや、この辺ではまだないけど。一度島に入ったら、簡単には出られない場所だから、逃げられることを本気で心配はしてないしね」

「ですよね」

「でも、実習の名目で安い賃金できつい仕事をやらせているのは確かだしな。だけど、ここでまじめに働ければ、故郷には家が建つのも現実なんだ。下手な知恵をつけられると、結局、不幸になるのは彼らなんだ」

テントウムシはなんと返事をしていいのかわからなくて黙っていた。

「そういう子をたくさん集めて、全国的な集団訴訟を起こす動きもあるらしい。だけどな、あの子たちは、結局、自分の国で自分の家族と生きていくしかないんだよ。裁判起こしてはした金もらって、名を上げたい弁護士に利用されてもしょうがないだろ。あんたもそこのところをよく考えて、イルダの幸せを願ってやってくれ」

結局、なんだかんだ言っても、あまり信用されてないのだな、とテントウムシは思った。

「イルダさんは、社長のこと、会社のこと、ありがたいと言っていました。大切にしてもらっていると」

それだけは言っておかないと、と思った。

「わかってる。悪いようにはしない」

あんたも、なんか困ったことがあったらうちのに相談するといいよ、あれも本土から来て苦労した口だから。最後は事務所の外まで送ってくれて、佐竹はそう言った。世話好きな性格なのだろう。

「奥さんとはどこで知り合ったのですか」

軽自動車に乗り込みながら尋ねた。

「本土の大学で」

彼は初めて恥ずかしそうに笑った。

「これでも、俺、水産大学出てるんだよ」

じゃあ、と車の中をのぞき込んで手を振った佐竹が、アゲハの横顔をまじまじと見つめているのに気がついた。

それが、ただ、他に人がいたことに驚いたのか、アゲハだったからかはわからないまま、テントウムシはギアを入れた。

2

「あたしも、テントウムシさんにお料理習おうかな」

畑仕事をしながら、アゲハがそんなことをつぶやいた。振り返ると、モロッコエンドウのさやをいじっている。

朝ごはんの片付け当番のオオムラサキは家に残り、昼当番のミミズは先に帰っていた。母親のミツバチは今朝、頭痛がすると起きてこなかったので、めずらしく二人きりで畑仕事をしていた。

「そうすれば、お料理の当番にも入れるし、皆の役に立つよね」

どういう風の吹き回し、と混ぜっ返そうとして、口をつぐむ。アゲハはうつむきがちだが真剣な顔だった。それを悟られまいとして、さやを選ぶふりをしている。

「ミミズさんもテントウムシさんに教えてもらったんでしょう」

「私よりもお母さんに教えてもらいなさい」

頼まれるのは悪い気はしなかった。それでなくても、イルダとの一件以来、アゲハとはぐっと距離が縮まった気がする。

この子はぱっと見、今どきの子で見た目は派手だし乱暴な言葉遣いもするが、優しくて熱い心も持ち合わせている。

それでも、実の母親を差し置いてテントウムシが料理を教えるというのは、さすがにはばかられた。

「お母さんの当番のお手伝いをすればいい。自然に覚えられるわよ」

「うちのお母さんは……」

アゲハはさらにさやに深く顔を落とす。爪の先でそれに傷をつけた。痛むわよ、と注意したいところだが、もう収穫できる大きさなのでいいか、と思った。それより、今はアゲハの気持ちを聞きたい。

「だめなの。わかるでしょ」

だめ、という言葉が何を表しているのか、おぼろげにしかわからないままに慎重にならなければならないことはわかった。

「アゲハちゃんのお母さんは……」

「昔から体が弱いし、お料理もあんまりしてくれなかった」

確かに島に来てからずっと床にふせっている。

しかし、『虫たちの家』の住人たちは誰もそれを責めなかった。ここに来て、最初からなじんでバリバリ働ける人間の方が少ないのだ。オオムラサキなど何か月も部屋から出ることもできなかった。

「ミツバチさんはきっと今までの疲れが一気に出ているんだと思うよ。やっと少しなじんでほっとして、さらに体調を崩されたんでしょう」

その気持ちはよくわかった。アゲハの事件があり、ずっと気を張っていたんだろう。それに、彼女が過去にも精神的に何か問題を抱えた人だったということは誰でも気づく。もしかしたら、うつ病をわずらったことがあるかもしれないことも。

「毎日、部屋で何をしているの？」

ちょっと疑問になっていたことを尋ねた。

「『大人のぬり絵』って知ってる？　最近流行っているやつ。ママは昔からぬり絵が好きなんだ」

寝込んでいるのかと思ったら、そんな遊びをしているのか。テントウムシの顔色が少し変わったのに気がついたのか、アゲハは急に大きな声を出した。

「昔から、弱い人ではあったんだけど、今みたいになったのは、二年ぐらい前なんだ。二年前の冬。突然、朝起きれなくなって、部屋に引きこもるようになった」

二年前の冬？　ふっと何かが脳裏をかすめる。けれど、それよりも今はアゲハを励ましたかった。

「誰もアゲハちゃんのお母さんを責めてないよ。皆、ここに来た人はそうだったんだよ。だから、お互いさま。アゲハちゃんもそんなこと気にすることない」

「だって、ここの人、優しくて」

アゲハは両手を顔に当てて肩を震わせていた。そこまで思いつめていたのか。テントウムシは驚いて、彼女に近づいた。おそるおそるその腕に手を当てる。

「皆に悪いんだもん。ママはあんなんでちゃんと畑も家事もできないし。でも、ママがあなったのはアゲハのせいでもあるし」

「いいんだよ。皆、わかってる」

アゲハは、テントウムシに抱き着いてきて肩に顔を押しつけてさらに泣いた。十センチ近く背が高いのに、子供のようだった。思いがけない、彼女の感情の発露《はつろ》に戸惑いながら、受け入れていた。そっと抱きしめる。

「本当に誰もアゲハちゃんたちのことを悪くなんて言わないよ。気にしなくていい」

「ママはいつも言う。アゲハがそんなことをしたら、ママの病気が悪くなるって。だから、アゲハはママの言う通りにするんだ」

「そうなの、偉いわね」

アゲハはテントウムシから顔を上げた。美しい髪がくしゃくしゃになって、顔に張り付いている。テントウムシはそれをよけてやりながら言った。

「いいから、大人に任せておきなさい。あなたが心配したり、気を遣ったりすることじゃない。必要ならお母さんもお医者さんに診《み》せるし」

アゲハはうなずいた。「ありがとう」

この母娘はさまざまな問題を抱えて、苦しんできた。そのためにアゲハは人より早く大人になった。

「あたしのこと、話した方がいいよね」

「え」

「あたしがここに来るようになった理由」

思わず、ぎょっとした。その顔を取り繕《つくろ》うことができなかった。

アゲハがここに来ることになった理由、それをテントウムシは図書館のパソコンで調べてすでに知っている。脳裏に数々の写真が浮かんだ。

ベッドの上のアゲハ、男の足元にしゃがんでいるアゲハ、四つん這いになっているアゲハ……。すべて全裸だった。思い出すだけでつらく悲しい写真だった。どれ一つを取っても、女の子の人生に大きな影響を与え、人によっては死をも覚悟しなければならないような姿。

美しい彼女の姿は人気があり、何度削除されても、雨後の筍《たけのこ》のように誰かがアップするらしい。

「高校一年の時にね」

「いいんだよ。話さなくてもいいんだよ、アゲハ」

それをとどめようとして、彼女の肩をつかんで、少し自分から離した。

「いいの。テントウムシさんには聞いてほしいの」

もう知っている、と言いたかった。だけど、言うわけにいかない。

「あのね、高一で初めて彼氏ができたの。学校で一番かっこいいって言われてた、バレー部の二年の人。本当にすごく優しくてイケメンで、嬉しかった」

二人は畑の中に立ったままだった。どこかに座った方がいい、と思いながら、体が動かなかった。

「でもね、少しずつ変わっていった。彼、あんまり少しずつだったからよくわからなかった。初めて一緒に帰ろうって言われた日のこと、今でもよく覚えている。嬉しくて嬉しくて、皆に見せびらかしたかった。だけど、それがだんだん絶対二人で帰らなくちゃならなくなって、もしも、一緒に帰れなかったりするともう口を利いてくれなくなった。反省文、ノートにいっぱい『ごめんなさい、ごめんなさい』って書いて埋め尽くして、提出しないと許してくれない。そのうち、ちょっと遅れるだけで反省文になった。あたし、友達とも話せなくなって、クラブもやめて、授業が終わったら、すぐに待ち合わせ場所に行って……そのうち、彼より十分前に待っていないとだめってなって。それができないと反省文」

「どうして、別れようと思わなかったの？」

こういう時、支配されている側に理由を求めても意味がないということを痛いほど知りながら、尋ねずにはいられなかった。

「……なんでだろうね。初めて付き合った人だから、別れ方がわからなかった。別れるって考えもしなかった。それに、あたし、一年生で一番最初に彼氏ができた女だったんだよね。夏休みが終わってすぐからだから、ちょっと得意だった。だから、それがだめになるなんて、意地があってできなかった」

「そうなの」

「ばかみたいだよね？　テントウムシさんからしたら」

アゲハが上目遣いにこちらを見る。

「そんなことない。わかる気がするよ」

「いろんな決まりごとがあるの。待っている間、少しでも動いたらだめ、とか。他の男を見たらだめとか、話したらだめ、とか。そのうち、反省文を書いたノートでぶたれるようになった」

「え、殴《なぐ》られるってこと？　どこを？」

「頭とか、お尻とか、体全部。毎日、迎えに来た下駄箱の前で、なんか理由をつけてぶたれるの」

「他の人は見てないの」

「見てたよ、皆。だけど、そんなもんかなあ、って思ってたんじゃない？　彼、クラス委員とかもしててスポーツもできたし、人望も人気もある人だったから、誰も何も言わなかった。あと、誰かが注意したり、おかしいと言ったりすると、あたしがよけいぶたれるから、言わないでって頼んでたし」

「先生は？」

「気がつかなかったみたい。授業が終わった後だし、下駄箱のあたりだから、先生来ないし。もしかしたら、知ってたのかもだけど、面倒だから、知らんぷりしてたのかも」

テントウムシは何も言えなくなった。

「そういう関係になったのは付き合ってすぐ。最初から写真を撮られたの。初めはキス写真とかだったから、あんまり抵抗なかったし。あのね、そういうビデオあるでしょ、いやらしい」

「……アダルトビデオ？」

「そう。そういうのとか観て、同じポーズとか取らされるの。それで写真撮るのが好きな人だった。それもちゃんとやらないと反省文だから、一生懸命やった。そのうち、あたしのこと、皆がＡＶって呼んでるのを知った」

「どうして」

「彼がその写真を皆に見せて自慢していたから」

アゲハはどんどん無表情になっていった。感情を少しでも交えたら、自分が抑えられなくなるのかもしれない。

「それがわかってあたしはもっと彼から離れられなくなった」

「なんで？　どうして？」

「だって、もう、そんな写真を見られたら、他の男とは付き合えないでしょう。友達もできない、彼に引っ付いているしかない。実際、クラスでは誰も友達になってくれなかったしね。あたし、独りぼっちだった。最初に付き合い始めた時、皆に自慢してたから、よけい嫌われたのかも。自業自得《じごうじとく》だね」

そんなんじゃない、あなたは悪くない、と言ってやりたかったけど、声が出なかった。

「でもね、ママが気がついてくれたの」

思わず、彼女の手を握った。その手は震えていた。

「あたしの様子がおかしかったから。いつもふさぎ込んでむっつりしていた。ママに『どうしたの？』とか聞かれると、『うるせえんだよ！』とか怒鳴って暴れて……ママにしか当たれなかったのね。それで、ママが友達とかに聞いてくれて……彼のこととか写真のこととか知ったの」

「それで、別れられたのね」

「ママが彼と向こうのうちに行ってくれて……向こうの家族と話し合って……彼、親の前で何も言えなくて真っ青になってた。あたしの顔も見れなくて。向こうの親は、あたしが悪いんだって言ってたけど、写真は皆、彼のスマートフォンに入っていたから、少しは認めたみたい。ママが『とにかく、もううちの娘には近づかないでください』って言ったの。帰りにママとあたしは手をつないで家に帰った」

テントウムシは彼女の頭を引き寄せて、髪をなでた。

「でも、それだけだったら、まだよかった」

知っていた。テントウムシはそれをネットで調べたから。これから、さらにひどいことが起きることを。

「学校でも彼のことを無視して、もう言うことを聞かなかったら、彼があたしをストーカーするようになった。ママがね、彼の家に怒鳴り込んだっていうのが学校中に広がったけど、ママは学校にも相談してくれたから少しずつ、皆もわかってくれて。あたしにも話しかけてくれる子もいて、だんだんによくなっていったの。反対に、彼の方はあまりにもひどいんじゃないかって、男の子にも嫌われ始めてね。一年の子たちには陰で『変態男』って呼ばれるようになった」

アゲハはそこでくすっと笑ったが、テントウムシは笑えなかった。

「彼、居場所も友達もいなくなったんだろうね。あたしの家までついて来たり、体育の時間に制服を隠したり……ありとあらゆる嫌がらせをしてきた。合鍵も作られて、時々、家にも忍び込んでるのがわかった。ママもあたしもいない時に家の中をめちゃくちゃにしたり、ものを盗んだり……警察にも相談したし、彼の親にも言ったのに、もうどうしようもない、って彼の親にさじ投げられて。そして……」

テントウムシの脳裏に再びネットのニュースが浮かぶ。

――東京都世田谷区の路上で、女子高校生Aさん（十六歳）が血まみれになって倒れているのを近所の人が見つけ、警察に通報した。近くのAさんの自宅からは母親も刺されているのが見つかった。警察は、Aさんと同じ高校の二年生を重要参考人として、現在、事情を聴いている。

匿名《とくめい》の掲示板には本名も書いてあった。

――Aの本名、宮内《みやうち》美佐江《みさえ》。

他にもいろいろ気になることが書いてあった。

「家に帰ってきたら……居間にママが倒れていて、お腹から血が出ていた。あたしの顔を見て『逃げて、逃げて』って叫んで、驚いて振り返ったら彼がいた。無表情だった。そして、何度も刺されて、あたしは外に逃げて……」

「わかったよ、もういいよ、アゲハちゃん」

「だけど、彼は家に来る前にあたしの恥ずかしい写真をネット上にばらまいていた。学校の友達にも見せてないような、ひどいやつも。それに気がついたのはその次の日だけど」

テントウムシはアゲハをもう一度抱きしめた。その言葉を封じたかった。けれど、彼女は続けた。

「入院して傷が治っても学校には行けなかった。あたしの電話番号もメールアドレスもラインも暴《あば》かれてて使えなかったし、家にも帰れなくなったし、なぜか、ネットにはあたしが写真をばらまいたなんて書かれて。その頃かな、ママがここのことを見つけてくれて、田舎に住む？　って言ってくれたの」

やっぱり、アゲハが拡散したというのはうそなのか。

「来てくれてよかった、ありがとう」

アゲハは大声を上げて泣いた。慟哭《どうこく》と言っていい、獣のような泣き声だった。

「うちのママはだめな人だけど、いつも私のためにいろいろなことをしてくれるの。私のために生きているんだって。私が小さい頃からずっとそうなの。あの時も私のために戦ってくれた。だから私はママを裏切れないの。私もママのためならなんでもする」

そんなふうにお互いに信頼し合い、強い絆《きずな》で結ばれている彼女たちが、子供のいないテントウムシには少しうらやましかった。

しばらくして、彼女の声が途切れ途切れになると、テントウムシは言った。

「おうちに帰ろう。皆がいるところに」

彼女はうなずいた。

3

水産加工場の佐竹が言っていた「いざという時」というのは、すぐに来た。ラマダンが明けて、この島にも秋の気配が漂い始めた頃だった。

「うちのばあさんが、腰を痛めちゃって」

ばあさんというのは、このあいだ話していた、佐竹の母親かな、と思いながら、電話で話を聞いた。

「よかったら、二、三日、手伝ってくれないだろうか。時給は千円ぽっきりだけど」

事情を話すと、マリアは「あなたさえよければいいけど、大丈夫？」と顔を曇らせた。

工場の仕事が過酷なのは、テントウムシからの話で、この家の誰もが知っていることだった。オオムラサキやミミズまでも神妙な面持《おももち》ちだった。

「もう、そんな顔しないで」

テントウムシは努めて明るく笑い飛ばした。

「身売りされるわけじゃないのよ。しばらくは家の仕事ができないけど、ちゃちゃっと終わらせて、魚もらって帰ってくるから」

特にアゲハは泣きそうな顔をしていた。

「どうしよう、あたしがあの時、イルダを乗せたからだよね。あたしが行こうか？」

「だめだめ、あんたの細っこい腕や指なんて、すぐに包丁で切ってなくなってしまうよ」

テントウムシは子供を怖がらせるように、アゲハをからかった。

そんなふうに軽口を叩いていたのに、工場に向かう軽自動車に一人で乗った時、深いため息が出た。きついことは自分が一番よく知っている。

けれど、実際、始業時間前の七時半に着いてみると、佐竹たちは必要以上に気を遣ってくれたらしく、一日目の午前中は仕分けの作業に回された。

「最初は、仕分けで体をならしてよ」

「ありがとうございます」

工場の前に立っていると、イルダたち研修生がやってきた。

「久しぶりです」

イルダの笑顔で、彼女がその後順調に働いているのがわかった。他の女性たちにも紹介してもらう。ヒジャブをかぶっている子が四人。地元の人間一人と全国を住み込みのアルバイトで回っている二人を足して八人。

ヒジャブを着けていると、皆、まじめそうに見える、とテントウムシは子供の頃にも考えたことを思い出す。それもまた、イスラムの戒律の狙《ねら》いだったらすごいことだ。すべての女を貞淑《ていしゅく》に見せることが。

青い作業着を渡され、ゴム手袋をして長靴を履いた。髪をキャップで包みマスクをするともう顔も表情もわからなくなる。宗教も国籍も関係ない。

魚はブリだった。それを大きさ別に分ける機械の前に立って、傷物を撥《は》ねたり、間違えて別の場所に入らないかを見張るだけだ。

とはいえ、立ちっぱなしだから、それなりに疲れる。

お昼は事務所で持参の弁当を食べさせてもらった。オオムラサキとミミズが朝、詰めてくれたものだ。おにぎりとナスとひき肉の炒め物、カボチャの煮物が入っていた。どれもテントウムシの好物だ。二人の気遣いが嬉しかった。

午後からはさばく方の作業も手伝った。

料理以外で包丁を握るのは久しぶりだったが、すぐにその強烈な臭いや、魚の脂《あぶら》で切れが悪くなる感覚を思い出した。

流れてくる、頭を取ったブリの腹をさばき、内臓を取り出し、大きなステンレスの水槽の中で洗う。きれいになった魚の身をまたコンベアーに載せて段ボール箱に詰める。

あっという間に血で全身が濡《ぬ》れる。頬にも額にもマスクにも点々と血の跡がつく。床もぬるぬるだ。重労働の中、ふっと血まみれになっていた、というアゲハとミツバチを思い出す。まるで、実際に、その光景をテントウムシが見たかのように、何度もフラッシュバックした。その残像を払うかのように手を忙しく動かした。大惨事があったような血まみれの部屋の中で、テントウムシは頭の中がどんどん澄み渡る気がした。

体力的にはきついが、こういう作業も決して嫌いじゃないのかもしれない。八人の男女が黙々と働いている。単純な作業だけに、お互いのほんの少しの癖や手際が見えてくる。わずかに遅いけど丁寧な人、早いけど雑な人、馬鹿正直な人、手際の悪い人、魚を渡すタイミングがずれる人……そういう欠点も利点もすべてを内包して、どこか不思議な一体感が生まれてくる。汚れていない手首で額の汗をぬぐったつもりだったのに、血がそこにべったりとついてしまった。ふき取りたいと気にしながら、手を休めることができなかった。

しかし、作業は終業時間のはるか前、三時には終わってしまった。魚の水揚げ量が少なかったらしい。

聞けば、このところ、こういうことが少なくないということだった。

「漁獲量が少ないだけじゃない、全体に小さくなったよね」

着替えて、帰宅しようとしたところで、社長とその妻に誘われて、事務所でお茶を飲んだ。テントウムシが思わず「ずいぶん早く終わりましたね、毎日こんな感じなんですか」と尋ねると、彼はそう答えた。

「やっぱり、そうですか。私も少し小さいなあ、でも気のせいかなとも思いました」

そんな言葉がいつもより気安く出てしまったのは、やはり仕事の後の高揚感からかもしれない、とテントウムシは考えた。

最近は小さくても捕ってしまうからね、中国とかの問題もあるし、と彼は説明した。

「悪かったね。これなら、来てもらわなくても、うちらだけでもできたかもしれない」

「いいえ、大丈夫です。私も久しぶりにお手伝いして、感覚を思い出しました」

「あんたさえよかったらいつでも来てよ」

そして、彼は妻にちらりと目配せをし、彼女は茶を淹《い》れ替えるために席を立った。

「ちょっと聞きたいことがあるんだけど」

彼の顔色や口調で、テントウムシはふっと内臓が冷えたような気がした。さっき散々見てきた、魚の内臓。あのむき出しの白い塊が自分の中にもあって、血にぬられている。

「女の子、あんたが前ここに来た時に一緒に連れていた、車の中にいた子のことなんだけど」

「なんでしょうか」

動揺を隠しながら何事もないような顔をして尋ねた。でも、必要以上に挑戦的にならないように気を遣った。うまくいっているかどうかは自分でもわからなかった。

「あの子……どういう子？」

単刀直入な聞き方に、さらにどきりとしながらも、佐竹の人の好さも感じた。あまり裏表のない性格、いかにも島の男らしい実直な人柄なのだろう。または、こういう時には、とにかくはっきり聞いてみるのが一番だと思っているのかもしれない。そして、それでこれまでもうまくやってきた人間なのだ。

「どういう子って……」テントウムシもそれに合わせて、苦笑とも困惑ともつかない笑顔を作る。通常、島の人間に話をする時の感覚がすぐに戻る。決して気を許せない相手なのだ。ちょっといたずらなティーンエイジャーをひと夏預かってしまった親類のような表情を作った。

「あの子、ちょっと派手だから誤解されやすいですけど、芯は純粋でいい子なんですよ。優しい子だし、気も遣うし。道に迷ってたイルダちゃんに声をかけようって言ったのもあの子だし。悪い子じゃないんです。もしも、何か悪さしているところを見たら、遠慮なく叱ってやってください」

「いや、そういうことじゃないんだけど」

佐竹は考え込む顔つきになる。

もしかして、彼はこの話をするために、私をここに呼んだのだろうか、とテントウムシは思い至った。人手が足りないのではなくて、最初からアゲハのことを言うために。

「なんでしょうか。何か気になることがあったら、言ってください。私からもきつく言って聞かせますので」

しかし、最近のアゲハはおとなしくしていたはずだ。あまり外出もしていないし、テントウムシも動向に注意していた。

「この間、朝日《あさひ》が崎《さき》にいたよ」

朝日が崎とは、島の反対側、『虫たちの家』からも島の真ん中の山を越えるか、ぐるっと海辺の道を回らなければいけない場所だ。公園と展望台があって、売店がある。名前の通り、朝日が見える丘だ。観光名所でもあり、島の数少ないデートスポットだった。「朝日が崎に行かないか」というのは、このあたりの男女が好意を表す第一歩だと聞いたことがある。

「朝日が崎？」

「昼間だけどな。島の男たち、七、八人と連れだっていた。俺は本土から来たお客さんを観光のために連れて行ったんだ」

昼間であること、誰か男と二人きりであるわけではなかったことで少し気が楽になる。

「あの子以外は皆、バイクで来ていた。俺にとっては顔見知りの連中だ……ただ」

「ただ？」

佐竹の真剣な顔を見て、やっぱり、彼はこの話をするために自分をここに呼んだんだ、と思った。

「あいつらはこう……小競り合いというか、何かちょっと言い争っていた。帰りに、あの子を誰が後ろに乗せていくかってことでもめてたんだ。あの子はその中でアイスを食べながら、男たちを見ていた。なんと言うか……いい大人が、女の子に振り回されているのはあんまりいい眺めじゃなかった」

でも、と言いかけたテントウムシを、佐竹は首を振って止めた。

「そうだよ、あの子が悪いんじゃない。みっともないのは、振り回されている大人の方だよ。だけど」

少しして、彼らは何か競走をして勝ったものがアゲハを乗せていくことに決めた。

「あたりの山道を競走することになったんだ。俺は思わず、近づいて行ったよ。危ないし、外からのお客さんもいる。暴走族みたいのは恥ずかしい」

アゲハは佐竹にすぐ気がついたらしい。にこにこと笑って、彼に近づいてきたのだそうだ。

「お久しぶりです、って何事もなかったかのようにしらっと言うんだ。あの時、一度、ここで会っただけなのに。そして、俺の視線に気がついて、ちらっと奴らの方を見た。そしたら、それまでいきりたっていた、あいつらがしんと静まり返ってしまった。俺が『危ないから、レースみたいなことはやめろよ』って言ったら、『冗談ですよ。皆、ふざけているんです』って。あそこで、一番大人だったのはあの子だった」

「……なんだか、すみません。ご心配かけて」

テントウムシはやっとそれだけ言った。

「いや。こっちもみっともないことで、あんな小娘、いや、失礼、子供に振り回されている方がいけないんだけどな。それから、俺の近くに来て、耳元でささやくみたいに言ったよ。『皆には黙っててね』って」

佐竹は思わず、という感じにあたりを見回した。無意識に妻の目を気にしたらしかった。

「それから、俺の体をちょっと触った。こんなふうに」

彼は自分の胸のあたりを指でぐっと押した。

「なんだか……ぞっとした」

テントウムシはただ、もう一度、「すみません」と謝った。それだけしか言えなかった。

その時、テントウムシの脳裏になんの前触れもなく、パソコンの一画面が広がった。

――あの子、そんなたまじゃないよ。

――どういう意味？

――写真をばらまいたのは彼女自身だってうわさがある。

匿名の掲示板でそれを読んだ時には意味がよくわからなくて、ひどい誹謗中傷《ひぼうちゅうしょう》だと読み飛ばしていた箇所だった。

「あの子のうわさは多少なりとも耳に入ってくる。だから、あんたがここに連れてきた時は思わず見つめちゃったよ。うわさ通り、きれいな子だと思ってね。だけど、かまわないさ、昔のことは。俺らだって、品行方正とは言えないもの。だけど、ああいうのは……これまで特に害をおよぼさなかった男たちなんだ。それが徒党を組んで、族みたいにつるんでいるのもどうかと思うし、言いなりになっているのも、な。聞けば、あの子はあの中の誰とも付き合わず、好きなようにふるまっているらしい。今はまだいいが、何か問題が起こってからでは遅い。中には、あの子には島から出て行ってほしい、っていう女や母親もいるんだ」

「そんな……」

「あんたたちはいいよ。おとなしくて、こうして仕事も手伝ってくれる。だから、あんたたちが集団で暮らして、アレルギーだか、宗教だか知らないが、それは目を瞑《つむ》っているんだ。だけど、これ以上、何か問題を起こしたら、皆、出て行ってもらいたいというやつも出てくるだろう」

佐竹との会話を終え、気がつくと軽自動車に乗って、ハンドルに突っ伏してぶるぶると震えていた。

テントウムシは佐竹の事務所をどうやって出たのか、なんと彼に謝ったのか、よく思い出せなかった。それほどの衝撃だった。ただ、頭を何度も下げて、すみません、すみません、と謝った覚えだけはあった。

テントウムシと話した後も、彼女は行動を変えていなかった。

なぜ、アゲハはそんなことをするのだろう。

佐竹の話からすると、そうやって男たちと付き合っているのは、テントウムシと話をした後のことのようだった。

あの子は知っているはずだ。私たちにこの場所しかないこと。私はここでしか生きられないこと。

同類だと思ったから、あの子を受け入れたのだ。

——写真をばらまいたのは彼女自身だってうわさがある。

彼女は否定していたけど、あれはどういう意味なんだろう。本当だとしたらなんのために？

あの子はここをぶち壊そうとするかのような行動をずっととっている。自分の自尊心のため？　男の歓心を得るため？　彼らの賛美がなければ生きていけないとでもいうのか。

アゲハを信用し始めていたからこそ、失望は大きかった。

そんな小さなことのために、私たちの家を壊そうというのか。

いったい、あの子はなんなんだ。

あの子をちゃんと調べて、どうにかしなければならない。

＊　＊　＊

あの国はとても怖いことが起きる場所なので、日本大使館と日本企業は同じ場所にあって、それをぐるりと壁で囲み、学校も社宅も全部同じ場所にあるのです。

お父さんたちがお仕事で外に出る時は軍の護衛がついた車で出掛けます。女や子供たちは、一度塀の中に入ったら、帰国するまで出ることはできませんでした。

そんな中で、母は少しずつおかしくなっていきました。

それがいつから始まったのか、子供の私には正確にはわかりません。だけど、その兆《ちょう》候《こう》はずっと前からあったような気がします。私たちが、気がつかなかっただけで。

母は赴任《ふにん》前より、おとなしくなったのです。ふさぎ込んでいるのか、ただ、環境に慣れなくておとなしいのか、わかりませんでしたが。

赴任してから一か月頃、夜、母が大泣きして父に何か訴えていたことがありました。住んでいる人たち、正確に言えば奥様方から口を利いてもらえない、皆がしているパーティに呼んでもらえない、という内容でした。どうしてなのか他の奥様たちにしつこく聞いたら、ここに赴任したらまずお茶会を開いて彼女たちを招《まね》かなければならなかった、ということがわかったということでした。しかし、そんなことは誰も教えてくれなかったし、前任者からも申し送りはされなかったそうなのです。母はベッドに身を投げて号泣していました。体中を振り絞り、手足をばたつかせ、声をからし、最後にはほとんど蚊《か》の羽音のような、超音波に近いおかしな音を出していました。

そんな母を、いや親を見るのは初めてでした。母の言い分では、これまで我慢していたことが一気にふき出して、そんな状態になってしまったようでした。でも、父にも私にもなすすべがありませんでした。お茶会はこれからやればいい、と父がなだめました。そんなのもう遅い、と母は言い返して、でもしばらくしてやっと泣き声は収まりました。

私がその時、どう感じたか、ですか？

とても不安でした。怖かったです。

今思うと、母のそういう気持ちを出すことが、もっと少しずつだったらよかったのに、と思います。それだったら、もっと、父も私も何かできることがあったと思います。それに、そんなに驚かなかったでしょうし。でも、あまりにも突然、母が泣き出したので、本当に怖かったです。それから、母の泣き言には氷室さんの名前が時折混じっていました。私が氷室さんを意識し始めたのは、あの頃だと思います。

母は改めて、お茶会を開きました。たくさんの人に声をかけたらしいけど、数人の人しか集まりませんでした。来てくれた人たちも、本当は来たくなかったようで、お茶を一杯飲んだだけでそそくさと帰っていきました。

彼女たちはただ、偵察に来たのでした。母のお茶会の様子を見て、それを他の人たちに報告し、悪口を言うため。

案の定、不備があったということで、母はさらにいじめられるようになりました。とてもささいなことです。手作りクッキーがなかった、とか、フルーツケーキにバターでなくてマーガリンを使っていた、とか。後、全員に声をかけなかったのも悪かったようです。母は同じ棟の人だけに声をかけましたが、本当は皆をお誘いしなければならなかったようでした。母からしたら別棟に住んでいてほとんど顔を合わせない人には遠慮しただけらしいのですが。

母は手作りクッキーを焼き、私の手を引いて妻たちのボス的存在の人に挨拶に行きました。

それは、別棟に住んでいる、私と同じクラスの氷室美鈴さんのお母さんでした。

母がドアをノックして、最初、メイドが出てきた後、美鈴さんのお母さんが出て来ました。

母がクッキーを出しても、彼女は手を出そうともせず、中に入ってとも言いませんでした。しょうがなく、母は戸口に立ったまま、話し出しました。

私に悪いところがあれば教えていただけないでしょうか、と母は言いました。

彼女は朗らかに笑いました。本当に悪気のない、優しい笑顔でした。

「勘違いしないで。私たちは集団であなたに何かしているわけじゃないのよ、ただ、皆自然と離れちゃうのよね、勝手な方やわがままな方とはね、だからしょうがないんじゃないかしら。それともいやいやながら性格の悪い方と付き合わなきゃならないの？　私たちは自由でしょ」

母は驚いたように黙ってしまいました。それでも、「じゃあ」と美鈴さんのお母さんがドアを閉めようとしたので、それを手で押さえて、どこがわがままなのか教えてくださいと母は頭を下げました。

彼女は再び笑いました。「別にあなたのことじゃないんですって、ただ例として挙げただけよ」と言いました。そして、本当に、ドアを閉めてしまいました。

私はその様子をじっと見ていました。

母はどうして娘の私を連れて行ったのでしょうね。

先生はどう思いますか？

わかりませんか。

それは、本当にわからないのですか。それともわかっていて、わからないと言っているのですか。私が気の毒だから？

まあいいです。

きっと、一人で行く勇気がなかったのか、子供が一緒なら優しくしてもらえるとでも思ったのでしょうね。または、その両方か。

家に帰って、母は寝室に閉じこもってしまいました。

私はジャミのいるキッチンに飛び込みました。夕食の支度をしていたジャミは気楽な調子で、お友達の家はどうでしたか、と尋ねた。

まあまあ、ノットバット、と私は答えました。その頃には英語の授業も進んでいましたから、ジャミとは英語と日本語で話していました。

その夜、父が家に帰ってきた後、母はまた泣きながら何かを訴えていました。その声はきれぎれに聞こえてきました。私はそっとベッドから出て、両親の寝室に行き、外から話を聞きました。

今でも、その時の素足に伝わった大理石の床の冷たさを覚えています。アフリカにいるのだなんて思えないような、ひんやりした心地を。

ドア越しだし、母は泣いているので声はほとんど聞こえませんでした。母は泣き、父はそれをなだめているようでした。同じ声の調子が続くので私は飽きてしまって、そこを離れようとしました。その時、母がするどく、「あなたは、あの人が、あの氷室さんだからかばうんでしょう！」と叫んだのが聞こえました。

驚いて、ドアに近づきましたが、その後はもう何も聞こえませんでした。

母は、まったく家の外に出たがらなくなりました。

もともと、外出が必要なのは、週一回の移動スーパーのトラックや掃除の当番などだけでした。移動スーパーにはジャミが行けばよかったけど、掃除当番は母が行かないわけにはいかなかったのです。

　掃除当番とはコンドミニアムの階段やエレベーター、ポストなどの共用部分、中庭の草むしりと花壇の手入れなどでした。それらを二週に一度、妻たちが総出で掃除しなければならないのでした。でも、本当はコンドミニアムには守衛と管理人、メイドなどがたくさんいて、彼らが掃除をしてくれるから必要ないのです。

　ジャミもいつも言っていました。どうして、日本人の奥様たち、皆で掃除するか？　と。

　妻たちは形だけ、ゴミひとつない床を掃くだけです。つまり、掃除当番は集まるための口実であり、自分たちの堅固なつながりを確認するための交流会だったのです。三回に一回は体の不調を理由に休むことができましたが、それ以上は出席しないわけにはいきませんでした。母は必ず私を連れて行きました。皆に無視され、あからさまにティーパーティの招待から外されたり、目の前でひそひそ耳打ちする様子を見せつけられたりしました。それでも、私がそういう他の母親たちをじっと見ていると、中にはばつの悪そうな顔をする、素直な人もいました。たぶん、そういう人を少しでも多くしようと、母は私を連れて行ったのでしょう。

　母はそういう人を見つけると目ざとくすりより、パーティに呼んでほしいと小声で懇願していました。言われた人は困惑して、気の弱い人ならおどおどしながら目をそらし、気の強い人は、私にはわかりません、ときっぱり断りました。

時には、掃除の場所も時間も間違えて教えられることがあり、そんな時にはたった一人で掃除するはめになりました。けれど、母にはその方が気楽らしく、そんな時には私に子供の頃の思い出などを話していました。私は母に、どうして、父は「氷室さんだからかばうのか」聞いてみたかったけど、聞けませんでした。外でしたし、穏やかな母を変えたくなかったのです。それが、つかの間だと知っていたから。

二人きりの掃除の時は、本来の掃除の時間は教えてもらえなかったのに母はさぼったことになり、次の週の陰口はまたさらにひどくなりました。

きっと皆は欲しかったのでしょうね。相手を嫌う口実が。

いいえ、誰かを嫌って、自分以外の誰かに攻撃を向ける「口実」が。

母はだんだん家だけでなく、寝室から出てこなくなりました。そして、泣き叫んだりする代わりに、ぶつぶつ文句を言う他はしゃべらなくなってしまいました。逆に、心配すればするほど、私は母を見ないふりをしました。時々、母がトイレに起きてぼんやり私の顔を見ている時も、急に子供部屋に来て「こんなお母さんでごめんね」と泣き出す時も、私は母の様子が見えないかのように「別に大丈夫」と言いました。

父は帰宅が遅くなって、寝室ではなくて書斎のソファで寝るようになりました。ジャミ以外は家には誰も来ないから、ソファの上には毛布が置きっぱなしでした。ジャミがそれを畳んで部屋を片付けてくれなかったら、もっと荒れていたでしょう。

彼女にも母の様子はわかっていたと思います。だけど、彼女はメイドの宿命のように、明るく、何事もないかのようにふるまっていました。

あの頃、ジャミがいなかったら、学校にも友達はいなかったし、私はたぶん、生きていけなかったと思います。

Ⅳ

1

十月になると、待っていたように朝夕が冷えてきた。

東京や大阪よりもずっと南で、夏場の気温はそれなりに高いのに、秋は少し早く来るのがここのいいところだ、とテントウムシは毎年思う。

自分はやっぱりこの場所を好いている。元からの島民からしたらいつまでもよそものの移住者だけれども、小さな気候の変化一つをとっても、どこかひいき目に見てしまっている。その気持ちを誰にも話すことができずにいることがもどかしい。けれど、しかたがない。そういう立場でここにいるのだから。

いつまでもひっそりとここを愛する。

涼しくなっても、野菜は変わらず収穫できるのがありがたかった。昼間の温度が十五度を下回るまでは大丈夫、と近所の小原に教えてもらって、実際、春も秋も、その温度を超えると、成長ががくんと変わるのが面白かった。

もう、ナスはたくさん、とアゲハが言うので（テントウムシたちもそれは常々感じていたので異論はなかった）今年は、思い切って、これまでは手を出していなかった、白菜やキャベツなどの葉物の大型野菜を植えてみた。それから、地中深く根を張る大根も。むずかしいのではないか、としり込みしていたものばかりだ。

「白菜がぜんぜん白菜じゃないよお」

アゲハが今朝も、いつもと同じことを不満そうに言う。確かに、白菜は今、大きく葉を広げた状態で、八百屋で見る、固く閉じた姿とはまったく違う。植える時に小原に「間隔を広く取るように」と口酸っぱく注意されたのも納得の成長だった。

「大丈夫、今にちゃんと葉が閉まってきて、白菜らしくなるって小原さんも言っていたでしょ」

それでも、アゲハはしゃがみ込んで、白菜の葉を無理に閉じようとする。

「何しているの」

「矯正、矯正。ほら、歯の矯正と同じで、こうしていれば早く閉じるかも」

そんな様子は子供のようで、テントウムシ以外は皆、思わずふき出してしまう。

「だめよ、アゲハちゃん、そんなに触ったら。触ったところからだめになる」

ミミズもいとおしそうにたしなめた。

「これ、ひもか何かで閉じて結んだらいいんじゃないかな」

アゲハはあきらめきれないようで、まだ言っている。

「最悪、閉じなくても、薬物野菜として食べられるでしょ。さあ、仕事仕事。手を動かして」

テントウムシは自分の口調がそっけなさすぎると思われないように、注意しながら言った。

アゲハのそんな言動も、もしかしたら、嫌な草むしりから逃れるためにわざと子供っぽくふるまっているのではないか、と思ってしまう。

佐竹からアゲハの話を聞いた後、テントウムシは彼女を注意深く観察するようになったが、問いただしてみることはしなかった。どうせ、また、適当にあしらわれるに決まっているし、警戒されたら、彼女の本心が見えにくくなると思ったのだ。何かあったら、すぐにでも反撃できるよう、これ以上傷が広がらないよう、物陰に身を潜めて狩りをしている肉食動物のように牙を研いでいる。いや、動物ではない。今は肉食のテントウムシなのだ。

とはいえ、アゲハから聞いた事件が、本当にあったことだと知っているのも、図書館のパソコンで調べてしまったテントウムシ自身であり、そんな過去のある娘をここから簡単に追い出せないのも本心だった。

ただ、いつも細心の注意を払って見張っていて、気を許すことは決してなかった。

タッタタッタ……小さな足音と荒い息遣いの気配を感じて、ふっと顔を上げたのは、そろそろ太陽が真上に届く頃だった。

「マリアさん！」

ロングスカートをはいたマリアが体を折り曲げるようにして、小走りにこちらに近づいてきたのが見えた。

「マリアさん！　どうしたんですか」

マリアが畑まで来るのはめずらしい。高齢のマリアには、畑仕事はさせないようにしていた。それでなくても、家の仕事がいろいろあったし、彼女が『虫たちの家』にいつもいる、というのは、どこか安心感があった。

「テントウムシさんに」

畑の前に着くと、それだけ言って、マリアは膝に手をつき、荒い息を吐いた。

「なんですか」

自分の名前が呼ばれたことに慌てて畑から出る。

「私ですか」

マリアはやっと身を起こして、テントウムシの肘《ひじ》をつかんだ。

「あなたに電話があったの。本土から」

「え」

胸騒ぎがした。テントウムシがここにいることを知っているのは二人だけだ。昔からの友人と、たった一人の親戚。両親にさえ、住所や電話番号は伝えていない。

マリアが言った名前は、親戚の方だった。年上の従姉《いとこ》で、子供の頃一時期近所に住んでいて、姉妹のように仲がよかった。きょうだいのいないテントウムシにとって、実の姉以上の存在だった。今は東京で夫と子供二人の家族と暮らしている。テントウムシがすべてを打ち明けて信頼している人物だった。

「お祖母《ばあ》さんが亡くなったんですって、お母様の方の」

「ああ」

一瞬にして、祖母のきりりとした横顔が浮かんだ。口うるさいところもある人だったが、テントウムシのひな人形や七五三、成人式の着物をあつらえてくれたのは祖母だった。事件の後は一度も会ってない。

「今日は友引なので、お通夜《つや》は明日、告別式は明後日ですって」

思わず、マリアの顔をじっと見つめた。

そんな親戚や知人が集まる場所に行けるわけがない。それを一番わかっているのは彼女のはずだった。しかし、ここまで息を切らして走ってきた理由はなんだろう。

「もしも、お通夜に行くなら、余裕をもって今日の船に乗った方がいいわよ」

「でも」

「とにかく、一度、家に帰って考えましょう」

考えても、葬儀に行くつもりはなかった。

「私はちょっと……」

「お葬式に行っても行かなくてもどちらでもいい。ただ、今、一度家に戻りましょう。そして、落ち着いて考えて。選択肢は狭めない方がいい、後で後悔しないように」

思わず、振り返る。ミミズ、オオムラサキ、アゲハがぼんやりとこちらを見ていた。まるで、彼女たちの身に、同じことが起こったように戸惑っている表情だった。

「マリアさんの言う通りだと思う。家に帰って落ち着いて考えた方がいいよ」

テントウムシと目が合って、無口なオオムラサキがめずらしくきっぱりと言った。

「そうかな」

「ここで決めてしまわないで」

ミミズも叫んだ。その後を追うように、アゲハもうなずく。

「さあ行きましょう」

マリアに腕を取られながら、のろのろと付いて行った。


「正直に言うわね。数年前ならまったく考えもしなかったと思う。親戚の葬儀に行くことを勧めるなんて。今のあなたがしようとしているように、すぐに断るに決まっていた」

『虫たちの家』に戻るとマリアは、テントウムシを食堂のテーブルにつかせて、自らお茶を淹れてくれた。

　家はしんと静まり返っていた。二階に、まだ様子の優れないミツバチが寝ているはずだが、まるで二人きりでいるように思える。

　マリアが淹れてくれたのは、ミントのお茶だった。使っているのは、庭先で採れたミントを彼女が丁寧に干したものだ。マリアのミントティーは他の人間が淹れたものとどこか違っていて、抜群においしく、薫り高かった。けれど、ミントの葉をたくさん入れても、この味にならない。ミミズたちと、不思議だ不思議だと言い合っていたら、簡単に種明かししてくれた。ポットにたっぷりミントの葉を入れて、ほんの少しだけ、普通の紅茶も入れる。たった一さじの紅茶が、なんともおいしいミントティーを作るのだった。でも、教わった後、同じように淹れても、マリアの味にはならないのだった。紅茶の量にコツがあるらしい。

　ミントの香りをかぐと、力が抜けた。テントウムシは、自分たちが二人きりで島に渡ってきた頃を思い出す。

　目の前のマリアに目を戻すと、彼女もふっと微笑んだ。たぶん、今、自分たちは同じことを考えている、とわかった。

「電話をかけてきてくれた従姉さん？　育子《いくこ》さんにね、できたら、お葬式に出るように勧めてくれ、って言われたの。あれから十年ですから、って」

あ、と声が出そうになる。確かに、自分の事件が起きて十年だ。振り返ることもなかった。指折り数えたら、さまざまな痛みや傷や、恨《うら》み……汚いものがどっとあふれてきそうだったから。

でも、マリアに指摘されて、あれから十年、と思った時に、確実に痛みは減っている、とわかった。

どんなことがあっても、あの醜《みにく》い傷は癒えないと思っていたのに。

「そう言われて初めて気がついたの、十年だ、って。実を言うと、私にはその十年が長いのか、短いのかわからない。この家の中にいると、外の人の月日がどんなふうに流れているのかわからなくなる」

「私も一緒です」

テントウムシにとって、知りたいことがあった。

あの人たちは、私のことを、事件を忘れてくれているのだろうか。許してくれているのだろうか。

「もういいんじゃないでしょうか、って育子さん、言ってたわ」

「いっこ姉ちゃんが？」

子供の頃からの呼び名を思わずつぶやいた。

マリアがうなずいた。

「もうよかったのかも、私たち」

もういい？　それは何を指しているのだろう。もう、許された、ということ？　もう忘れてくれたということ？

「本土に渡るのは二年ぶりよね。二年前の冬、あなた、突然体調を崩して、九州の病院に行った。あの時以来だから、ためらうのはわかるけど」

テントウムシは思わず目を伏せた。

そう、確かに、病院に行くと断って、テントウムシは島を出た。

「今回は病院に行くわけじゃないし、体調もいいでしょ。気楽な気持ちで行って来たら」

「いいのでしょうか」

「それにね、お祖母様、あなたのお祖母様、最後まであなたのことを心配されてたって。育子さんに何度か、どうしているのかって聞いてたみたいよ。小さな島で元気に暮らしています、って言ったら、喜んでたって」

そうだったのか。

「育子さんが言うにはね、お通夜をのぞいてみて、入れない雰囲気だったらやめたらいいんじゃないか、そして翌日の告別式だけ、後ろの方でそっと参列したらって。告別式には、身内以外にもたくさんの人が来るだろうから、たぶん、気がつく人はいないんじゃないかって」

母方の祖父は日本人なら誰でも知っている巨大コンツェルンの中の一角をなす繊維《せんい》会社の重役で、亡くなる間際まで相談役として籍を置いた人物だった。十五年ほど前に亡くなったが、葬儀の時は青山《あおやま》の斎場に大勢の人間が集まった。その妻である祖母の葬式だ。斎場も同じ場所らしかった。祖父ほどでないにしろ、昔の知り合いも含め、数百人は集まるに違いないし、そう見越しているからこそ、あの場所を選んだのだろう。

昔の自分なら絶対避けただろうが、育子の言う通り、そんな場所だからこそ、目立たずに行けるかもしれない。

「確かに、気づかれないかもしれない。昔のあなたとは変わったから」

マリアの言葉に、過去から現実に引き戻される。

「変わった？　老《ふ》けたということですか」

ふふふふ、と笑って、彼女は答えなかった。

そう、変わったかもしれない。昔の自分は弱く傷ついた、夏の終わりのセミのような存在だった。ただ、一方的に傷つけられ、生きていけないと思い、あの世界に弾《はじ》かれたらもう行く場所もないと思っていた。

だけど、今は違う、自分には『虫たちの家』がある。ここさえあれば生きていけると信じている。

マリアが「違い」と言うのは、そんな図々《ずうずう》しさにも似た、強さではないか。そうだったら嬉しいが。

「あなたが親戚の葬儀に参列することができれば、それは、ミミズさんやオオムラサキさん、そして、アゲハちゃんの大きな希望になる」

アゲハ。図らずも、マリアが口にした名前で気がついた。

葬儀を口実に東京に行くことができれば、アゲハのことをさらに詳しく調べることができる。

インターネットの上で調べられるだけの事件の概要ではなく、彼女がどんな少女で何をしてきたのか、深く知ることができるのだ。さらにあそこに書いてあったこと、彼女自身が写真を拡散したのかもしれないことを確かめられる。もしも、それが真実なら、その理由を知りたい。

ただ、数日空ける間だけでも、アゲハの動向が気になった。彼女を見張っている人間は誰もいなくなる。深夜も含め男との外出は最近ないようだけど……。

「マリアさん、あの……」

「なあに？」

マリアは丸い目を見開いて、テントウムシをのぞき込んできた。

「ちょっと気になっていることが一つあります」

「東京でのこと？」

「いいえ。そうでなくて、ここでのことです」

「なあに？　テントウムシさんが言うなら、よほどのことなんでしょうね」

「実は私、アゲハちゃんのことで」

その言葉が終わるか終わらないかのところで、マリアの表情が笑顔に変わり、テントウムシの後ろに視線を移した。

「ミツバチさん、起きられたの？」

慌てて振り返ると、パジャマ姿のミツバチが階段のところに立っていた。相変わらず、青く浮腫《むく》んだ顔をしている。

「大丈夫？」

「はい。薬のお水を……」

マリアは腰軽く立って、キッチンからグラスに水を入れて戻ってきた。

「はい」

「ありがとうございます」

テントウムシは動悸《どうき》がしていた。アゲハのことを口にしたところだったから、ミツバチに聞こえたかもしれない。マリアの声でかき消されている可能性が高いが。

ミツバチは立ったまま、水を飲んだ。

「で？　テントウムシさん、ここで気になっていることってどういうこと？」

「本土に行っている間、私の当番を代わってもらわなければならないことです」

マリアが屈託ない笑顔で尋ねてきたので、テントウムシはとっさに頭に浮かんだうそを言った。

「あら、そんなこと。私が二倍働いちゃうわ」

「……テントウムシさんは本土に行かれるんですか」

ミツバチが驚いたようにつぶやく。

「ええ、親戚の葬儀でね」

「そうですか」

「ごめんなさいね。ミツバチさんにもご迷惑をかけるけど」

ミツバチは強く頭を振った。

「いいえ、こちらこそ。テントウムシさんがいない間、私が当番を代わりますから」

いいえ、そんな、無理しないで、気にしないで、といった、女子高生のようなやりとりがしばらく続いた。

その後、ミミズたちも戻り、結局、アゲハのことは話せないまま、テントウムシは島を出ることになった。

港までは、ミツバチが送ってくれた。誰が車を運転するか、ということを話していた時に、彼女自ら手を挙げて、かってでてくれたのだ。これまで、どんな仕事にも積極的に参加することがなかった彼女の申し出に、テントウムシ以外の皆も少し驚いていた。

「どうもすみません、体調、大丈夫ですか」

テントウムシは車の中で恐縮して、礼を言った。まだ、ミツバチとなじめてないのが、自分の言葉遣いに出てしまっているかもしれない、と思った。

「いえ、テントウムシさんには、本当に何から何までお世話になって」

「お互い様ですから」

「アゲハもすっかりあなたを信頼しているみたいで……なんとお礼を言ったらいいか」

ハンドルにちょっとうつむくようにして、ミツバチは頭を下げた。

「いいえ。アゲハちゃんや……あなたが加わってくれて、皆、明るくなったから」

その彼女のことを調べに行くことも旅の行程には含まれるかもしれない、と知ったら、この母親はどうするだろうか、と思いながら、テントウムシは言葉少なに答えた。後ろめたかった。

「……昔からなんです」

港の手前まで来た時、ミツバチが口を開いた。

「え？」

「アゲハが生まれた頃から、私は体の調子が悪くて……最初は産後《さんご》うつかと思ってたのですが、あの子が成長してからもなかなか治らなくて。それで、離婚してしまって。あの子には悪いことをしました」

「そうですか……でも、あの家のメンバー、皆そうですよ。最初はなじめなかったり、ふさぎ込んだり。気にしないでください」

東京でのことに気を取られながら、テントウムシはなぐさめた。

「私は……ずっとなじめないんです」

そう言われると、まさに、なじめない、という言葉はミツバチを表している気がした。

ふっと、ぽつんと『虫たちの家』の自分の部屋のベッドで一人、横になっている彼女の姿が思い浮かんだ。

「子供の頃からずっと。どこにいても、うまくいかないんです。友達もできなくて、小学校の時も中学校の時もいじめられていて……高校も中退しました」

「そうだったんですか」

「実家も、結婚も……もしかしたら、子供の母親、という立場にもなじめていないのかもしれません。自分というもの、そのものにも」

眼下に港が見えていた。他の時なら、もっと親身に話せるのに、と思った。

「テントウムシさんは？　いじめられたり、いじめたりした経験、ありますか」

「どちらもありますよ。子供ってそういうものじゃないかしら」

時間がないこともあって、テントウムシは慌ただしく答えた。彼女の問いに十分に答えられていないとはわかっていた。

案の定、ミツバチは、そのまま黙り込んでしまった。

「ああ、もう、港ですよ。よかった、時間通りに着きました。あのあたりに止めてください。今日は本当にありがとう」

ちょっとでも場をなごませたくて、テントウムシは必要以上に声を上げた。指さした場所に、きっちり車は止まった。

2

東京は相変わらず、選択肢の多い町だった。

船で本土に渡って一泊し、早朝の飛行機で九州の空港から羽田《はねだ》に着いた。都内に向かういくつかの方法に寸時迷った後、テントウムシは渋谷行きのリムジンバスに乗った。

座席に座って、やっとしばらく落ち着ける、と思った。朝、ホテルを出たところから気を張り詰めていたから。

はなから通夜に行く気はなかった。それなら告別式まで余裕がある。一刻も早くアゲハの地元に向かい、調査を始めたかった。

空いているコインロッカーを苦労して探し、着替えの入っているボストンバッグと喪服《もふく》を押し込む。身軽になって、渋谷から私鉄に乗った。アゲハの住んでいた町、通っていた都立高校のある、世田谷区の町に向かった。

高校の最寄りの駅に降りた。瀟洒《しょうしゃ》なレストランやカフェ、チェーン店が並んでいる華やかな街だった。アゲハの高校だけでなく、さまざまな制服を着た学生や主婦、大学生ぐらいの若者などが行き交っていた。

ここに来て、実行することは決めていた。昨夜のホテルでも飛行機の中でも、何度も考え、シミュレートしてきたのだ。

まず、アゲハが在籍していた都立高校に向かう。その周囲で話の聞けそうな生徒を探す。地道だが、それ以外に道はない。

それなのに、駅前に立つと足がすくんだように動けなかった。その間も高校生たちは帰宅の途につき、姿を消してしまう。ことは一刻を争う。

わかっているのに、足が動かない。

何をしているのか。

ぼんやり駅前に立っていても不審がられるだけなので、柱の近くに寄り添い、誰かを待つようなふりをしながら、人々の顔を見つめた。

最初は漠然としていたが、やはり、女子高生が目に入る。

数人で集い、笑いさざめきながら歩いている。時には奇声と言ってもいいほど、大きな笑い声をあげる一団もいる。中には一人の子もいるが、それはそれで、どこか目的があるようで足早に駅に入っていく。

この中から、アゲハの知り合いを見つけて、短時間の間に話を聞くことなんてできるのだろうか。

考えれば考えるほど、不可能なことのように思える。

一人の制服姿の女の子が立ち止まって、じっと上を見上げている。何を見ているのだろう、とその視線を追うと、そこには路線図があった。いつものように家にまっすぐ帰るのではなく、別の場所に向かうのだろうか。髪が長く、ひざ上丈のスカートは腿《もも》の半ばまでの長さしかない。膝小僧なんてないかのように、細くまっすぐな脚をしている。膝の後ろが白々と光っていた。美しい子供だった。

アゲハもあんな子供だったのか。

彼女を見ているうちに、行かなくてはならない、と思った。

あの美しくも残酷な蝶から、『虫たちの家』を守らなくてはならないのだ。

たとえ、無駄足になっても、自分には今、やらなくてはならないことがある。

テントウムシは目の前のタクシー乗り場に向かった。

本当はバスで行こうと思っていて、路線も調べてあった。けれど、こうしているとどんどん決意をそがれてしまいそうだ。とにかく、タクシーに乗って、高校まで行こう。

「すみません。都立西成井《にしなるい》高校までお願いします」

「西高だね」

運転手はそれだけ言うと、走り出した。

改札口のあたりを振り返る。そこにはもう、さっきの女子高生の姿はなかった。


渋谷の駅前、と書いてあったのに、そのホテルは遠かった。

南口というのがどこにあるのかわからないまま、駅員に教えられた道を、テントウムシは体を引きずるように歩いた。昼間はどうと言うこともなかったボストンバッグと喪服の重みが肩に食い込むようだ。

渋谷駅をぐるりと一周するように歩いて、やっと見つける。アゲハの高校からも青山の斎場からも遠くない場所、といったら、単純に渋谷だろうと見当をつけて、ネットで探したビジネスホテルだった。けれど、渋谷には思ったほどホテルがないのだ、ということに後から気がついた。

ベッドだけでぎゅうぎゅうの部屋なのに、驚くほど高かった。それでも、小さなユニットバスにお湯を張って体をつからせると、今日一日の出来事が次々と浮かんできた。

結局、アゲハの高校では、塀のまわりを回って、正門から出入りする高校生たちを見つめているだけで終わった。門の外の植え込みのあたりに、不審者と思われないように時折場所を変えながら立っているだけで精一杯だった。

アゲハの事件は一年生の時に起きて、同級生たちはすでに二年生になっているはずだから、それらしい学生を探して声をかけなければならない、ということはわかっているのだが、体が動かなかった。

しかも、一度失敗してしまえば、通報されたり、学校側に警戒されたりするかもしれないと、心配でよけい体がすくんだ。

日が落ち、薄暗くなって学生たちの姿がほとんどなくなると、すごすごと駅に戻らざるを得なかった。

渋谷まで戻った時に、この時間ならまだ通夜に間に合う、と気がつき、それでも喪服に着替える元気はなくて、そのままの服装で青山に向かった。

案の定、斎場の外には塀にそってずらりと黒い服を着た人たちが並んでいた。その前をただの通行人のように歩いた。私服でよかった、と思った。知り合いはほとんどいないはずだ、と自分に言い聞かせても、自然、うつむきがちの速足だった。そのまま、ホテルに帰ってきた。

風呂に入る前、マリアに報告の電話をかけた。

「それで、お通夜は？」

「……入れませんでした」

うそをつくことも考えていたのに、優しい声で尋ねられると本当のことしか言えなかった。しかも、予定になかった涙が出てきた。

「そう。いいのよ。それでいいの」

明日も無理しないで、という声を聴いて電話を切った。

湯につかっている足の親指を見る。少し持ち上げて落とすと、ぽちゃんと音がした。

さて、明日からどうするか。

一時から告別式がある。それまではホテルで少し体を休めよう。いや、せっかくの時間を有効に使わなければ。雑誌の図書館大宅《おおや》壮一《そういち》文庫《ぶんこ》に行って、資料を集めよう。ネットではわからないことも週刊誌の記事など見ればもっと詳しいはずだ。

地元で話を聞けるだろうか。

いや、もう、聞けなければ、それはそれでしかたがないかもしれない。大宅文庫である程度知識を入れればそれだけで、東京に来た価値があるかも。

そんなことを考えている間に、テントウムシは一瞬寝落ちしてしまい、湯の中に顔をつけたところで慌てて目覚めた。バスタブから身を起こすとすでに湯は冷めており、肌に触れた冷気に身震いした。

大宅文庫でアゲハの本名を検索してもヒットしなかったが、世田谷区、女子高生、リベンジポルノ、などの語句を入れていくと、次々とヒットした。いくつか主要な週刊誌、新聞記事などをピックアップし、受付で閲覧を申し込んだ。

しばらくしてたくさんの雑誌、新聞を手に司書の女性が現れ、テントウムシは閲覧室でその一つ一つに目を通した。他には六十歳ぐらいの老人しかいなかった。

改めて読んでも、目を覆いたくなるような、心の痛む記事ばかりだった。中には目元と体の一部をぼかして、アゲハの写真をそのまま掲載している雑誌もあった。それでも、直接面識があるものには、彼女だということは一目瞭然だろう。

何度か雑誌を閉じかけた。

アゲハはうちの『家』を壊しかけている人間なのだ、これは必要なことなのだ、もしかしたら何か思惑があって行動しているのかもしれないのだ、ということを自分に言い聞かせなければ耐えられない作業だった。

ざっと目を通した記事の内容はインターネットの情報とさらに周囲の人間たちに取材した内容を加えたものが多かった。

「学校で評判の美少女が沈んだ、リベンジポルノの罠」

「知らないのは親だけ?!　子供たちが撮っているエッチ写真　美少女高校生の秘密」

「自分の娘をリベンジポルノの被害者にしないために」

――「びっくりしました。Aちゃんはきれいで成績もいい子だってうちの子は言ってました。B君もイケメンで美男美女カップルで有名だったんです。それがこんなことになるなんて。うちの娘にも気をつけるように言ったところです」（同級生の女生徒の母親）

――「昔からかわいい女の子でしたよ。小学生の時はクラスの学級委員なんかもしているような子でした。それがいつぐらいからかしらねえ、中学二年ぐらいの頃から急に背が伸びて大人びてきて、派手な服やメイクをしているのを見かけるようになりました。高校になってからはいつも男の子に囲まれていたわね」（近所の主婦談）

読みながら怒りが込み上げてきた。アゲハをめぐる男たちに、学校に、こうして消費している大人たちに、雑誌に。

自分の時と同じだった。テントウムシの場合は刑事事件になったわけではないからいわゆる「三流週刊誌」ばかりだったけど、さまざまなことを書かれた。

もしも、あの子がとんでもない「悪」「ふしだら」「不良」の女の子だったとしても守られるべきではないか。傷ついたのは一緒だ。その怒りは自分自身にも向けられた。『虫たちの家』の門戸は平等に開かれるべきではないか、と。何度も何度も手が止まった。そのたびに、自分たちにとっての唯一の場所『虫たちの家』について考え、勇気をふるい起こした。

午前中だけではすべてを読み終わることはできないので、アゲハについて書かれている記事をコピーしてもらって、大宅文庫を後にした。コピー用紙を入れたカバンはずっしりと重かった。

昨日、逃げかえるように去ってしまった斎場に再び現れたテントウムシはためらっていた。

まだ、通夜の方がましだった。暗かったので、顔が隠せたのだ。今日は晴天で、人々の顔を初冬の太陽が照らしている。

列には並ばずに斎場の門に近づき、遠巻きにして様子を眺めようとしたその時、彼女に気がついた。

「いっこ姉ちゃん！」

門のすぐ脇に、従姉の育子が少し窮屈そうな喪服を着て立っていた。

テントウムシを見た育子の表情を見て、はっとした。

育子は笑みを浮かべていた。テントウムシへの懐かしさを込めた笑みを。けれどもそこには多大に「困惑」も混ざっていた。

「ごめんね」

彼女はいきなり謝罪の言葉を述べ、腕のあたりをつかんで門から離そうとするかのように地下鉄駅の反対側に歩いた。テントウムシは素直にそれに従った。

「ごめんね」

もう一度、謝られた。

「ううん、どうしたの？」

「昨日、通夜の後、親戚とかいろんな人が集まった食事会の席でね、ジューのお母さんに、あなたを呼んだって言ったのよ。お母さんは嬉しそうな顔をしてたんだけど……それが他の……親戚の人たちに聞こえてしまって」

そこまで言われれば、最後まで聞かなくても、察しはついた。

「あなたにまだ来てほしくないと言う人がいて……」

「いいよ。いっこ姉ちゃんが悪いわけではないし」

それよりも、昔の呼び名で呼びかけられたことの方が嬉しかった。幼い頃、テントウムシの本名は育子にはうまく発音できなくて、間違えた名前をもじって「ジュー」「ジュー」と呼ばれていたのだった。

「来てくれても、嫌な思いをするだけだと思う」

皆、忘れてくれないのだ。あれは十年も前のことなのに。

「一族の面汚《つらよご》しだとか言う人もいて……酔っぱらっていたからだと思うけど」

育子は涙ぐんでいた。

「父は？」

おそるおそる聞いてみた。

「……叔父《おじ》さんが、私にあなたをここに連れてこないようにって言ったの」

「そう」

「でも、よかったら、今夜、うちに来ない？　夫と子供しかいないから」

育子の子供たち。きっと昔の彼女に似て、利発で優しくて、頬が赤いのだろう。会いたかった。一目見てみたかった。

「ううん、もう今夜は九州に発《た》つの。飛行機を取ってあるから」

うそだった。でも、育子の表情に、ほんのわずかに安堵の色があるのを見逃さず、偽《いつわ》ってよかったと悲しくも嬉しかった。

「そう、残念だわ」

それもまた、本心なのだろうと思った。

育子は地下鉄に下りる階段まで見送ってくれて、「またね」と言った。言ったそばから自分の方が傷ついているような育子の表情を見ないふりをして、テントウムシは階段を下りた。


翌朝、また、アゲハの高校のある街に降り立った。

でも、テントウムシの気持ちは、もう、前とは違う。

どんなことをしても、彼女のことを調べなければならない。そして、わずかでもその過去に『虫たちの家』を瓦解《がかい》させる「何か」があったら、それを徹底的に排除しなければならない。

私には、あそこしかないのだから。あの場所しか。

昨日は告別式を追い出された後ホテルに帰り、テントウムシはベッドに倒れ込んで号泣した。

久しぶりの号泣だった。枕を押しあて泣きわめいた、と言ってもよかった。声を出して泣くのは、いつぶりだろう、と思いながら泣いた。

マリアと出会う前。地方都市であの男に傷つけられてからは、ただただ泣くばかりの日が続いたことがあった。

もう、あんなところに戻りたくはない。

十年経って、過去を知る人に受け入れてもらえると思った自分がばかだった。

ごうごうという喉《のど》の奥からの声が出なくなって、かすれ声だけになってからテントウムシはやっと泣き止んだ。そして、誓った。どんなことをしても、『虫たちの家』を守ってみせる。そのためにはなんでもする。戻る場所がないことを改めて思い知った。

マリアには昨夜電話して、育子の家に二日ぐらい泊まる、両親とも話してくる、と伝えた。

「よかった。ゆっくりしてきてね」

彼女の弾んだ声がつらかった。

しかし、これで、数日間の猶予《ゆうよ》ができた。

駅前からバスに乗り、アゲハの高校の近くに降り立った。

午前中なので、校門の前にも人影はなく、かすかにグラウンドの方から体育の授業らしい笛の音と足音がする。

テントウムシは学校の塀をぐるりと歩いた。

その高校は、公園に併設されていて、裏は公園とつながっている。ウォーキングする老人たちがいるので、同じように歩いていても不審がられないのは幸いだった。

校舎はハの字に建てられていて、公園の側に校庭があり、金網越しによく見えた。そろいのジャージを着た生徒たちが、教師の指導のもと、体操をしていた。

さまざまなことを考えながら二周した後、校門の斜め前にある民家の庭先に、「お気軽にどうぞ」と書かれた小さなプレートをくわえた子犬の置物を見つけた。

白い瀟洒《しょうしゃ》な洋風の家だ。子犬の脇から石畳が玄関まで続いている。ハーブとシダ、観葉植物を配置した、グリーンの庭だった。

こんな理由で来たのでなければ、ちょっと写真を撮って、『虫たちの家』の庭の参考にしたいぐらいだった。最近、庭や畑を手掛けているテントウムシには、この庭の狙いがよくわかる。花がないので華やかさはないが、手がかからずに維持できるし、センス良く見える。これを手がけた人間に（たぶん、家の女主人だろう）好感を持った。

玄関には「ぐりーんげいぶるず」というのと、「パン、ケーキ教室、出張販売、ティールーム」という二枚の看板がかかっていた。主婦がパン教室などを開きながら、自宅の一部を喫茶店にしているのかもしれない、と見当をつける。

「お気軽にどうぞ」と書いてあるのだし、と思い切って石畳を踏んでドアをノックした。

「お入りください！」と、明るい声が聞こえた。

おそるおそる開けてみると、いきなりテーブルとアイランドキッチンが並んだ部屋が広がっている。ちゃんと靴のまま上がれるように改装してあった。声の印象のまま、笑顔の女性がこちらを見ている。彼女が女店主なんだろう。

「いらっしゃいませ！」

「あのお……ティールームと……書いてあったので」

「あ、喫茶のお客様ですか？　どうぞ、こちらにおかけください」

エプロン姿の女性はテントウムシより年上、五十代のように見えた。髪もメイクも大《おお》仰《ぎょう》ではないが、丁寧だった。

一つあったテーブル席を勧められた。

「こちらをどうぞ」

手書きのメニュー表を見せられた。珈琲《コーヒー》、紅茶、ハーブティーと並んで、スコーンやクッキー、ケーキがあった。

「じゃあ、ハーブティーとスコーンを」

朝食をろくに食べてきていないのを思い出しながら、注文した。

「ハーブティーはミントとカモミールのどちらにしますか？」

ミントを選んで、彼女が準備をしている間、失礼にならない程度に、あたりを見回した。

正直、テントウムシには新しいキッチンにはそう関心はなかったのだが、同じ年頃の女性が好奇心いっぱいに眺めているように見せた。

もともとは普通のダイニングキッチンだったのを改築したのだろう。

「ダイニングと客間の間の壁を壊して、作ったんですよ」

視線に気づいて、キッチンの中から、女店主が説明した。

「そうなんですか、すてきですねえ」

「ありがとうございます。下の子も独立したので、趣味のパンとケーキの教室を始めるために、思い切って改装したんです」

「まあ、うらやましい。お庭もすてきでした」

「ありがとう。二十年以上も家と家庭に縛り付けられてきたんですもの、少しはね？」

茶目っ気たっぷりに言いながら、お茶とスコーンを運んできた。

温めなおしたスコーンにクリームとジャムがたっぷり添えられている。聞かずとも、ジャムも手作りなのだということがわかった。

一通り、ジャムの味や部屋の造りを褒め、パン教室の内容を尋ねた後、女店主の方から「今日はどうしてこちらへ？」という言葉を引き出した。

「実は」やっと回ってきた機会に内心喜びながら、秘密を打ち明ける表情を作る。うまくできているか心配だったが、ここまで聞き役に徹してたのだから大丈夫だろう、と自分を鼓舞した。

「実は、うちの娘が……今、中三なんですけど、そこの西高に進みたいって言っていて……今日は下調べのために来たんです。どんな高校か一目見たくて。親バカですけど」

「いいえ、学校の環境を見たいのは親なら皆一緒よ。ましてやお嬢さんですものねえ」

それから、彼女もひとしきり、自分の子供の学校を選んだ時、何度か足を運んだことを話してくれた。

「それで、公園が近くにある、この環境は気に入ったんですけど、あの」

話が一段落ついた時、すかさず元に戻した。

「西高はあんなことがあったじゃないですか。ほら写真の……」

地元の主婦である彼女が「あのこと」を知らないわけはないと思った。

「あんな事件があったから、ちょっと心配で。娘には反対もしたんですけど、本人がここを気に入ってしまって」

「写真の事件て、去年の？　西高の女の子が同じ学校の男の子に刺された？」

「はい」深くうなずく。「ずいぶん、派手に報道されましたよね」

「そうなの、あの当時はこのあたりにもマスコミの人がいっぱい来てね。ヘリコプターまで飛ばしたテレビ局もあったのよ。警察もたくさんきた」

「大きな騒ぎだったんですね」

「私も家を出たところで話を聞かれそうになったの。たぶん、新聞か雑誌の人だと思う。何もわかりません、って言って振り切ったけど」

「ここ、お近いですものね」

「うちの子たちも帰った時、それらしい人に声をかけられたって言ってたわよ」

「どうなんでしょう。西高はやっぱり、男女交際とか盛んなんでしょうか」

両手を組み合わせて、心配する母親のしぐさを作る。

「うーん、どうかしら。うちは上の子も、下の子も西高じゃないからわからないけど、そういうことは普通の公立の共学高校とそう変わらないんじゃないかしら。西高は偏差値も五十五ぐらいでしょ」

子供が通っていない高校でも、偏差値なんか知っているんだ。テントウムシは驚きながらも、あいまいにうなずいた。

「わりにまじめな子が多いんじゃないかしら。あの事件は特殊なもので」

「そうですか、少し安心しました」

「お教室の生徒のお子さんに西高の人がいて、当時はそれはそれは驚いていたわよ」

「ですよね」

身を乗り出す。やっぱり、教室をしているような主婦のところには地元の情報は入っているだろう、と予想したのは間違いではなかった。

「お教室の生徒さんは男の子のお母さんなの。だから、いろいろ考えるところもあるんでしょうけど……あの事件はね、一概に男の子の方が悪いばかりじゃないって彼女は言ってたわ」

「え」

加害者の男子高校生の方が悪いわけじゃないとはどういうことだろう。また、匿名掲示板の内容を思い出す。

「女の子の方もね、そんなに素行《そこう》のいい子じゃないんだって。うちの子はそそのかされたんだって、犯人のお母さんは言ってたらしいわ。もちろん、ねえ、お母さんは自分の子供をかばうだろうけど」

ですよねえ、親ですもの、と同意しながら、「でも、女の子の方が悪いなんてこと、あるんでしょうか。刺されて、写真までばらまかれたのに」と畳みかけた。

「なんだか、男女関係が激しい子ではあったみたい。いろんな人と付き合ったり、一度に何人かの人と付き合ったり」

それは、新聞や週刊誌の中にも匂わせているところがあった。ああいう時はいわれなき流言飛語が飛び交うことは、テントウムシが一番わかっていることなので、安易には信じられない。

女店主はそれ以上のことは知らなかった。テントウムシは適当に相槌《あいづち》を打って話を切り上げ、パン教室のパンフレットをもらってその家を後にした。

下校が始まる時刻まで、高校の近くの、街道沿いのファミリーレストランで時間を潰すことにした。格安のイタリアンを出す店として有名なチェーン店だ。

大宅文庫でコピーしてきた資料をさらに精読した。見出しは煽情的《せんじょうてき》なものの、アゲハに同情的な記事がわりに多かった。美人でいたいけな女子高生が騙されて写真を撮られてしまった。そして、一方的に逆恨みされて刺された、という論調だった。

たとえ、これから秘密があれば暴こう、という相手でも、記事が好意的なのは嬉しかった。やはり、自分は決して、アゲハが嫌いになれないのだ、とテントウムシは実感した。

ファミレスは何気なく選んだ場所だが、驚いたことに十二時を過ぎると西高の制服姿の生徒が次々に入店してきた。

ほとんどが六人以上の大きなグループで、男女のもあれば、女子だけ、男子だけのものもある。席に着くと慣れたふうに、イタリアンドリアやスパゲッティを頼んだ。

今の高校生たちはこういう場所で昼食をとるのか。確かに数百円で食べられるメニューやドリンクバー付きで五百円の日替わりランチもあるので可能なのかもしれない。ファストフードよりもテーブルや椅子がしっかりしていて快適だし。

こんなところで彼らに接触できる機会ができたとは……けれど、大人数の団体には少し声をかけにくい。どうしようか、と迷う。しかし、ここでひるんでいてもしかたがない。どんなことをしても、『虫たちの家』を守ろうと誓っているのだから。

思い切って立ち上がり、一番大きなテーブルに近づく。八人の男女が入り混じって食事をしている。髪形や制服の着方から、学校でも目立つタイプの生徒たちだというのがわかる。最も手ごわいタイプの相手だった。けれど、ここを克服《こくふく》すれば道は開ける。

「こんにちは。ちょっといいかな」

勝負はごくわずかな時間、数言の言葉しかないということはわかっていた。最初の数秒で嫌われてしまったら、高校生たちは二度と心を開かない。にこやかだが、過剰でない笑顔で挑んだ。

声をかけたのは、手前に座っている男子高校生だった。なかなかのイケメンで、口数は多くなさそうで、背中を背もたれにつけ、ゆったりと構えている。食事のマナーも悪くなく、持っているものからも裕福な家庭の子だとわかる。

こういう男子高校生はなんだかんだ言って優しいし、人を邪険に扱えない。そして、彼がこちらを認めてくれれば、グループ全体にその影響はおよぶ。

「私、フリーライターの富田《とみた》みどり、って言います。雑誌や新聞に記事を書いているの。皆に、ちょっと聞きたいことがあってきました」

テントウムシから声をかけられた男子高校生は一瞬戸惑ったように目をそらし、困った顔をして仲間に笑いかけ、また、こちらに目を向けた。しょうがないなあ、わけわかんないおばさんが話しかけてくるけど、一応、話は聞くか、というような態度だった。他の高校生たちも同じような笑いを顔に張りつけて見ている。

「去年、西高の女子高生が男子高校生に刺された事件あったよね」

一同にさっと緊張が走ったような気がした。大人っぽく見えても、中身は高校生だ。完璧なポーカーフェイスが使えるわけもなく、顔をこわばらせている。それでも、単刀直入に聞いた方がいいと思っていた。

「いろいろなことを報道されているけど、真実を知りたいの。よかったら、話を聞かせてくれない？」

それぞれ顔を見回すばかりで、何も声を発しない。

「皆は何年生？　二年？　三年？」

「……三年」

テントウムシが目をつけた男子生徒がぼそりと答える。

「そう。じゃあ、あの子と……あの男子生徒と、同じ学年なんだね。なんか、話、聞いてる？」

「やばいよ。先生に言うなって言われてるじゃん」

向かいに座っている女子が言った。

「すみません。僕ら、先生から何も話すなって言われているんで」

やっぱり、見た目は派手だが礼儀正しい生徒だった。彼は軽く頭を下げた。

「わかった、ごめんなさい。ただね、もしも、何か話せることがあったり、思い出したことがあったら、電話してくれる？　いつでもかまわないから。少しだけど、謝礼も出すから」

偽名で作った名刺を彼らに配る。肩書きは何もなく、名前と電話番号だけ。名刺はめずらしいからか、お互いに顔を見合わせながら、素直に受け取ってくれた。書いてある携帯番号はプリペイド携帯のものだ。

「わかりました」

不承不承、彼はうなずいた。

一《いち》か八《ばち》かの挑戦だった。高校の先生に渡されたら、なんらかの注意を受けるかもしれないし、二度と話は聞けないかもしれない。

けれど、いずれにしろ、今日と明日だけのことだ。

制服を着ているテーブルにすべて同じことをして回った。電話があるかはわからないが、あるとしたら、放課後だろう。

また、自分の席に戻って、コピーの記事を読んだ。十二時五十分を過ぎると、高校生たちは見事なほどきれいにいなくなった。


その女子生徒に気がついたのは、二時少し前のことだった。

他の生徒とは違い、たった一人でやってきて、角の四人掛けの席に座り、脚を組んでファッション雑誌を読み始めた。他に生徒はもういないからとても目立つ。しかし、気にするそぶりも見せず、どこか超然としていた。

チョコレートケーキと飲み物を注文し、ほとんどケーキには手をつけていない。ただ、コーヒーだけを飲んでいる。髪が長く、鼻筋が通っている。座っていても背が高いのがわかる。少し、アゲハに似ているところがあった。二人を並べてみたら、友人としてお互いしっくりくる。

あの子だ、と思った。あの子なら、何か話が聞けそうだ。さっき、名刺を渡したのとはまるでレベルが違う。

けれど、彼女が本当にアゲハの知り合いで、話が聞けたら、かなりのことがわかるはずだ。そんな予感がする。

一度席を立って、トイレに入った。用を足し、ゆっくりと手洗いをして、丁寧に手をふいた。

こちらも機会は一回だけ、失敗したら二回目はない。

お目当てのテーブルの前まで歩いていく。通り過ぎる瞬間に、振り返って彼女の前に座った。

さすがに驚いたのか、切れ長の目が見開かれている。けれど、声は出さなかった。

「富田みどりと言います」

「は？」

その目がたちまち曇る。こちらを胡散《うさん》臭い人間だと思っているのがわかる。

「実は、昨年起きた、あの事件……女子高生が同じ高校の上級生に刺された事件で……」

そこまで言っただけで、彼女は雑誌をばたんと閉じ、立ち上がりかけた。

「待って」

しかし、こちらを一瞥《いちべつ》もせず、カバンを持って去ろうとする。

「ごめんなさい。私は宮内美佐江さんの友達よ」

思わず、アゲハの本名を言ってしまった。

「美佐江の？」

一瞬、動作が止まる。こちらを振り返った目が細かった。その表情を見て、自分の予想が外れていなかったことを知る。

彼女はアゲハを知っている。しかし、それはどの程度だろう。

「今、あの子は私と一緒にいる」

「え」

ある程度は真実を話さないと、彼女のような人は本当のことを教えてはくれないのだ。最初から話せばよかった。軽く後悔しながら言葉を重ねた。

いずれにしろ、彼女には衝撃だったようだ。また大きく目を開いた。

「一緒に住んでいるの」

「どういう意味？　あの子、どこにいるの？」

「誰も知らない場所。誰にも傷つけられない場所。そこに今、彼女はいる。私たちが保護している」

座って、と目で話した。彼女はしばらく迷った後、元の席に座った。

「ありがとう」

テントウムシが礼を言っても何も答えず、にらんだだけだった。

「あんた、誰？」

「美佐江さんの……世話をしているの」

うそではない。

「それで、少しでも美佐江さんのことが知りたいの。今、彼女は困難な……ところにいる。それを助けてやりたいんだけど、本当のことは何も話してくれないから、今、調べているの」

目の前の少女はこちらを上目遣いで見すえて、ため息をついた。名刺を出して渡す。

「あんた、心療内科の先生かなんか？」

急に思いがけない言葉が出てきて、たじろぐ。

「まあ、そんなようなもの」

「ふうん」

「今、話しにくかったら、また、別の時でもいい。電話でもいい。あの子のこと、なんでもいいから教えてくれない？」

黙って、こちらを見つめ返してきた。

「どういう関係だったの？」

彼女の目には激しい気迫《きはく》があった。テントウムシでさえ、目をそらしてしまいそうな。それでも、『虫たちの家』のことを考えて耐えた。

「美佐江さんのこと、教えて？　あなたにとって、どういう存在だった？」

「大っ嫌いだった！」

そう言うと、彼女はカバンを乱暴に持って、そのまま出て行ってしまった。

テーブルの上には、偽名の名刺が残されていた。

テントウムシは西高の最寄りの駅に戻って、ファストフード店に入った。時計を見ると四時を過ぎていた。

これもまた、昨日からよくよく考え、決めていた行動だった。そこにいれば、学校帰りの西高の生徒を捕まえられるかもしれないと思っていたのだ。

今日実行したことはあまりうまく行ったように思えなかった。明後日には島に帰らなければならない。明日の夜には九州に着かなければならないだろう。

やっぱり、無理なのだろうか。なんの後ろ盾もなく、限られた日時で人のことを調べるのは……テントウムシがうちひしがれているところに使い捨て携帯が鳴った。名刺を渡した高校生かもしれない。思わず、やった、とこぶしを握り締めた。

「あの、富田さんですか」

幼いと言っていいほどかぼそい、女の子の声だった。

「はい、富田です」

「あの。去年の事件のことって……宮内さんの？」

「そうです。何か話してもらえるの？」

小さなため息が聞こえた。

「できたら、話してもらえる？　あなたのことは誰にもわからないようにするし、秘密にしたいことは絶対漏らさないから」

しばらく黙っていた。

「……今、どこにいるんですか」

「駅前のファストフード」

ちっと、舌打ちが聞こえた。テントウムシは心の中をきゅっとつかまれたような気持ちになる。

「どこにでも行くけど」

「じゃあ、今すぐに、駅の反対側にある、モーツァルトという喫茶店に来てください」

がちゃり、と電話は切れた。

慌てて、荷物をまとめ、コーラの紙コップを捨てて店を出た。

駅の反対側というのがよくわからなかったので、駅員に聞くと、親切に教えてくれた。踏切を渡ってすぐのところに、その店はあった。店の入り口にケーキのショーケースがある、本格的な喫茶店である。中に入って、ぐるりと見渡すと、二階につながる階段の下の、陰になる席に、小柄な女子高生がいて、こちらをじっと見つめていた。

テントウムシが小さく会釈すると、下を向いてしまう。それでも、電話の主《ぬし》は彼女と目星をつけて近づいた。

「富田です」

そう言うと、小さくうなずく。やはりそうだ、と思った。向かいに座った。

「ファストフードはうちの生徒がたくさんいるので」

舌打ちしたのは、悪気ではなかったらしい。癖なのかもしれない。彼女はまず、すまなそうにそう言った。

「そうですよね。気がつかなくて、ごめんなさい」

「……私は……」

「名前は言いたくなければ、言わなくていいのよ。なんてお呼びしたらいいかしら」

「じゃあ……ショコラで」

その甘い名前が、おびえた表情になんだか場違いだった。薄茶色で軽くウエーブがかかった髪は、ミルクチョコレートのように見えなくもなかったが。

新しいコーヒーを注文し、ショコラにも飲み物とケーキを選ばせた。彼女は紅茶とモンブランを選んだが、しばらく手を出さなかった。テントウムシが何度も勧めて、やっと手をつけた。

「ショコラちゃんと宮内さんとか、あの、男子生徒との関係は？」

彼女がモンブランを半分ほど食べたところで、質問した。

「……宮内さんの、同級生でした。クラブも一時期、一緒になったことがあります」

小さなフォークを口にくわえたまま、上目遣いで答える。

「クラブ？」

「演劇部。最初の二か月ぐらいだけど」

小柄で顔も小さく、地味な顔立ちだが整っている。演劇部というのは合っているのかもしれない。おとなしそうに見えるけど、本当はそれなりに目立ちたい、人の前に立ちたい、という気持ちがある子なのかもしれない。

「じゃあ、入学して最初の二か月？」

「いいえ。あの人は五月のゴールデンウィークが終わった頃に、ワンダーフォーゲル部から移ってきました。で、夏休みになる前にやめた」

「ワンダーフォーゲル部？」

いかつい男ばかりの部、地味な部だというイメージしかなく、アゲハとは合わなかったので、戸惑った。ワンダーフォーゲル部と演劇部の話は、アゲハからは何も聞いてない。

「じゃあ、ショコラちゃんは今も演劇部なんだ」

「……幽霊部員ですけど」

「あんまり、参加してないの？」

「というか、演劇部自体が幽霊」

「幽霊？　活動してないってこと」

ショコラは唾《つば》をのみ込むような顔でうなずいた。

「そうなの。じゃあ、文化祭とかコンクールとかに出たりしないのね？」

「そう」

テントウムシはショコラとの会話にむずかしさを覚えていた。素直だし、悪い子ではないのだろうが、受け身で自分から話す、ということがない。こちらから尋ねたことだけに答える。これはこの年代特有のものなのか、それとも彼女の性格なのか。そのくせ、何かを隠しているという雰囲気でもない。

どうして、彼女は自分に連絡してきたのだろう、ということをずっと考えながら質問を続けていた。

「それだとちょっとつまらないわね。他の部活に入ろうとかしなかったの？」

「今さら他のところに入っても、もう、皆、できあがっちゃっているし」

少し長めの会話をすると、彼女の口元からちらりと歯の矯正器具が見えた。そのために話しにくかったり、恥ずかしかったりして、会話が短かったのか。

「できあがっているって、グループとか、部の雰囲気とか？」

「うん」

「確かに。途中からだと気まずいか。だけど、入部した時にすぐにやめようとは思わなかったの？」

アゲハのことを聞かなくては。どこから話を戻したらいいか迷っていた。

「最初の頃はちゃんとしてたし。皆、先輩も」

「最初の頃？　入部したての頃？　入学したばかりの」

「そう」

テントウムシははっとする。非協力的に見えたショコラとの会話だが、本当はちゃんと彼女は正しい方向に話を進めていたのだ。

「それは、宮内さんがいた頃？」

アゲハの名前を出すと、ショコラは一瞬黙った。

「……あの人が来る前」

テントウムシは彼女の顔をじっと見た。

「つまり、宮内さんが来たから、演劇部は変わったってこと？」

ショコラは深くうなずいた。

「ショコラちゃん、話して。あなたのことは誰にも言わないし、ここで聴いたことは決して他言しない。あなたの名前もわからないから、大丈夫でしょう」

ショコラは首を大きく振った。

「何？」

「違います。私の名前は誰にも漏らさないでほしいけど、そういうことじゃないんです。私はむしろ、言ってほしいんです」

「え」

「私は、あの、宮内美佐江のことを、皆に言ってほしい。ちゃんとどこかに書いて、発表してほしい。正しいことを」

初めて自分の意思で話し、大きな声を出すショコラの口元が、矯正器具でキラキラ輝いていた。


「最初、ワンダーフォーゲル部から来たあの人を、私たちは大歓迎した」

ショコラが言う、あの人、とはアゲハのことだ。

「背が高くて舞台映えするし、声も通るし……何より美人だし」

「どうして、ワンダーフォーゲル部から移ってきたのか、理由は聞いた？」

「ううん。なんか、ちゃんと言ってくれなかったし。でも皆が『なんでワンゲルなんて入ったの？』って聞いて、『気の迷い？』とか首を傾げながら答えるから、皆にめちゃくちゃウケたのを覚えています。ほんと、気の迷いとしか思えないものね、あの人がワンゲルなんて」

ショコラは、アゲハのしぐさや声色を上手に真似ながら言った。

「なるほどね」

「美人でお嬢様っぽいのに親しみやすくて、人気者でした」

「お嬢様？」

正直、テントウムシには彼女がお嬢様だとは思えなかった。母親のミツバチを知っているからかもしれない。

「そう。お祖父《じい》ちゃんは海外赴任の多い商社マンだって言ってた。お母さんの子供の頃は海外に住んでいたって聞いたから。今となると、そんなのうそだって思うけど」

「商社。どこの国かって聞いた？」

「ううん。聞いたことない。だから、きっとうそなんですよ。あの人らしい」

テントウムシの中に一瞬、小さな火が灯る。アゲハは、テントウムシが子供の頃海外に住んでいたと聞いて、やたら「かっこいい」と持ち上げていたけど、自分の母親がそうだとは一言も言っていなかった。どちらがうそなのか。

「演技もうまかった。すっごくうまかった。普通、演劇って経験ないと、どっかにちょっと照れみたいのが出ちゃってうまくいかないんですけど、最初から堂々としてました」

「中学とかでやってたのかしら」

「ないと思います。あの人の出身校には演劇部はないはずですから。でも初めてとは思えなかった。あの人は演技ができる人なんですよ」

演技ができる人なんですよ。ショコラの声が妙に意味ありげに聞こえる。

「それで、すぐに一年生で夏の大会でも脇役だけどセリフのある役をもらいました」

テントウムシは聞いてみたかった。その劇で、このショコラには役がついたのか、ということを。だけど、聞く前に彼女から言った。

「私は裏方希望です。できれば、将来は脚本とか書いてみたいと思ってます」

「それはいいわね。その劇はどんな脚本なの？」

テントウムシはふっと思った。こんな立場でなくて、このショコラという少女と普通に演劇談義を交わすのだったらよかったのに。テントウムシは昔、図書館司書をしていた。学生時代は戯曲もよく読んだものだ。もしも、チェーホフや寺山《てらやま》や、向田邦子《むこうだくにこ》の話題を親戚の子供なんかとするのだったら、どんなに楽しいだろう。

「三年生の部長が演出も脚本も担当していました。すごく才能のある人で、地方のラジオドラマのコンクールで佳作に入ったこともあるんです。まだ、高校生なのに」

「それはすごいわね」

「なんていうか……顔もかっこいいのに、絶対に自分は舞台には上がらないの。そういうところもすごくて、すてきでした」

ショコラには彼に対するあこがれがあるようだった。

「そして、劇のヒロイン役の副部長と付き合っていました」

よくあることだ、と言いたくなったが、そう片付けるには、彼女たちは幼すぎる気がした。

「でも、あの人が取っちゃったんです」

「取っちゃった？」

あまりにも唐突に出てきた単語で、テントウムシは驚いて聞き返した。

「そうです。宮内美佐江が部長を、副部長から取っちゃったんです。あっという間でした。私たちには何が起きたのかもわからなかった。ただ、あの人が先輩に近づいて、演技指導とか言って甘い声で頼んでいるのは知っていました。だけど、あの人は誰にでもそういう声を出すから、そんなものだと思っていました。部長はめっちゃもてる人だったんですよ。他にもあこがれている下級生たちはいっぱいいたし、告《こく》った人もいた。だけど、副部長も美人で、すごくすてきな二人だったし、部長はずっと副部長一筋だったのに」

「……彼女はどうやって部長から副部長を取ったのかしら、あっという間に？」

「それは……」

ショコラの顔がみるみる赤く染まった。

「あのね、他の人が言うには……他の人が言ってるんですよ、私はわからないけど……部長とあの人はあの……関係があったって」

「あの関係？」

「だからあの」

「関係って、体の関係？　セックス？」

ショコラは顔をしかめてうなずく。けれど、それをテントウムシが口にしたことで、話しやすくなったようだった。

「これはうわさです。副部長が友達に話したのを、そのまた友達が聞いたってうわさですけど、部長と副部長はすごく迷ってたみたいなんですね。その……体の関係になるのを。部長はしたがってたみたいなんだけど、副部長が迷ってて、それをずっと二人で話し合っていた時期だったんだったそうです。そこにあの人が現れて」

そうだ。きっと、アゲハは先輩たちが何を悩んでいるのか、何を欲しているのか、何を望んでいるのか、すぐにわかったのだ。そして、それを簡単に彼に与えた。

「あの人はすぐに副部長にそのことを告げて、副部長はクラブに来なくなりました。そんなことがあったのに、部長はあの人に夢中になってそれを隠そうともしなかった。そして、ヒロインにあの人を大抜擢する、って言い出したんです。主だった三年生の出演者がボイコットして、夏休みの前にうちのクラブはばらばらになりました。大会には出られませんでした。でも、もうその時にはあの人は部にはいなかった」

「そういうことだったのね」

「そんな形で三年生が空中分解したことで、二年生たちもちゃんとした申し送りをされなくて、うちの部は今もクラブの体《てい》をなしていません。もともと部長の力量に頼っていた部分があったから……彼があの人に振られて、部に戻ってこなかったことも大きかった」

三年生は、ショコラにとっては「大人の男」に見えたのかもしれないが、まだ十七、八歳の子供なのだ。失恋のショックに耐えきれなかったのだろう。

「後で聞いたんだけど、ワンゲル部も同じようなことだったみたいです。あそこは男子しかいないから、たった一か月でばらばらになって、夏休みの合宿もやらなかった。あの人にとってはちょろいもんだったんでしょう。あそこで小手調べをして、こちらに移ってきたのかもしれない」

確かにそういうタイプの女性というのはいる。どこに行っても問題を起こす人が。

「どうして、彼女はそんなことするのかしら。なんの目的で？」

「そんなのわかりません。ただ、あの人は夏休みが終わると、今度は男子バレーボール部に移りました。バレー部にはちょうど女子マネージャーがいなくて募集していたんです。そこであの事件が起こりました」

テントウムシは一通り話して、ほっとしたように紅茶を飲んでいるショコラに尋ねた。

「あの事件のこと、ショコラちゃんが知っていることある？　なんでもいいんだけど」

「いろいろうわさはあります」

「はっきり言って、うちの学校の人たちは、事件を起こした大谷《おおたに》先輩に同情しています」

「どんな？」

「でも、刺したり、写真をばらまいたのは、大谷君なんでしょ？」

「だけど……」

ショコラは言いよどんだ。

「やっぱり、同じようにその先輩を誘惑したんだと思う？　宮内さんは」

「ええ」

ショコラは大きく目を見開いてうなずく。

「でも、だから悪いって言ってるわけじゃないんです。引っかかった大谷先輩だって悪いんだから。でも、あの写真をばらまいたのは、先輩じゃなくて、あの人自身だっていう人もいるんです」

息が苦しくなったような気がした。やっぱり、と心臓がごうっと音を立てた。でも、ショコラに感づかれないように、平静を装って尋ねた。

「あんな恥ずかしい写真を自分で配るわけないでしょ。ネットにさらしたら、もう一生回収できないんだよ」

「でも、グラビア写真撮ったり、AV出たりする女の人はいっぱいいますよね」

「それとこれとは……」

「あの写真、観たことある?」

「まあ、何枚かは」

「皆、きれいに撮れているでしょ」

テントウムシは言葉を失った。きれいに撮れている? この子は何を証明しようとしているのか。

「どうしてあの人がそんなことをしたのか私にもわからないけど、でも、出す写真のチェックをしたのはあの人だって。ちゃんと自分で選んだから、美人に写ってるやつだけなんだって」

確かに。そう言われれば、どの写真もきちんとピントの合った、アゲハがきれいに撮れているものばかりだった。目をつぶったり、表情がゆがんでいるものは一枚もなかった。煽情的《せんじょうてき》で、いやらしくて、そして、美しかった。

「私にもどうしてあの人がそんなことをしたのかわからない。だけど、目の前で、部長と副部長の仲を壊して、クラブをめちゃくちゃにされたのを見てきたから、そういうこともあるかなあ、って思います。あってもおかしくないって、あの人なら」

そこまで話すと、ショコラは残った紅茶を一気に飲んだ。そして、「ショコラというのは、私が飼っている犬の名前です」とぽつんと言った。

「お久しぶりです」

「こちらこそ」

朝八時、北《きた》の丸《まる》公園の吉田茂《よしだしげる》像の前で、というのは、平川弓乃《ひらかわゆみの》が指定してきた。九段下《くだんした》駅から北の丸公園に歩き、その場所に着いた時には、すでに平川はそこにいた。以前、会った時と同じようにすくっと背筋を伸ばして立っている。

冷たい空気の中、トレンチコートがよく似合っていた。けれど、そのファッションに似合わず、中身は警察関係者とは思えない、母親に似た温かさのある女性だった。

「歩きながら話しましょうか」

ほとんど前置きもなしにそう言われて、テントウムシはうなずいた。

「向こう側に行くと、ベンチがあるのよ。そこならゆっくり話ができるから」

「はい。ありがとうございます」

「お元気そうでよかった」

「平川さんも」

十年前テントウムシの身にあのいまいましい「事件」が起きて、人目を避けて日本中を移動している時に知り合ったのが、警視庁サイバー犯罪対策課の平川だった。

テントウムシは高校卒業時、両親の転勤に伴って、東北の都市に住んでいた。そのまま近くの国立大学に入学し、両親が東京に戻った後も住み続けた。就職も、地元の図書館に決めた。

いい職場だった。テントウムシたち、若い図書館員たちが読書会を始めとしたさまざまなイベントを企画することをあと押ししてくれた。その中で知り合ったのが、当時、市役所に勤めていた「彼」だった。

テントウムシとは、親が転勤族だという共通点ですぐに仲が良くなった。世界中の多くの場所に移り住んだ後、そこを自分の住む場所に決めたのも同じだった。二人は、自分で「故郷を決めた」同志として、絆を感じた。

深い仲になるのも時間の問題で、すぐに一生の伴侶《はんりょ》となるのだろうと、お互いわかった。物静かで、テントウムシの話をいつも微笑みながら聞いてくれる、優しい人だった。彼女が立てるイベントの企画を、実行可能なものに計画してくれるのも彼だった。

当時、彼はボーナスでビデオカメラを買って、ものめずらしさにテントウムシとの行為中の写真を撮りたいと言い出した。テントウムシはもちろん、断ったのだが、彼は隠しカメラをセットしていて、気がつかないうちに動画を撮られていた。

彼はそれを自室のパソコンに保存していた。それが宣伝メールを装ったマルウエアに侵され、テントウムシの写真と動画が拡散された。同時に実名で登録していたテントウムシのミクシィのアカウントがあばかれた。テントウムシは仕事柄、たくさんの人とつながっていたのだが、そのすべてにあられもない姿を見られた。住所や携帯電話番号が2ちゃんねるに書き込まれた。さらに何者かが仕事中の写真を隠し撮りしてアップした。テントウムシはその地方都市にいられなくなった。仕事をやめ、彼と別れて街を出た。

平川が連絡してきた時、テントウムシはちょうど、東京の友人宅やらホテルやらを転々としているところだった。平川はテントウムシを探し出し、連絡してきてくれた。ほとんど誰にも連絡先を教えていなかったのに、居場所を特定した警察という組織にテントウムシは震えた。

けれど、会ってみたら、平川は笑顔を絶やさない、親しみやすい女性だった。

当時、完全な第三者として話を聞いてくれたのは平川だけだった。年齢は五つほど上の平川を、テントウムシには頼りがいのある友人のようにも姉のようにも思え、すべてを話した。

平川も、その上司たちも、テントウムシに「犯人」を被疑者不詳のまま訴えるように、と勧めてくれた。けれど、これ以上騒がれたくなく、すべてに疲弊していたテントウムシはそれを断って、また別の街に移った。

それでも、平川は名刺と携帯番号をくれて、何かあったら連絡するように言ってくれたのだった。

「今は九州の離島にお住まいなのよね」

「はい。平川さんには本当にお世話になって」

『虫たちの家』のことは詳しくは平川には話していない。ただ、マリアのことを説明し、彼女たちと田舎でひっそり暮らす、とだけ言ってある。

警察といえども情報は漏らしたくない、という気持ちとともに、言わなくても、彼らはある程度のことをつかんでいるのだろう、という確信があった。平川もそれ以上深くは聞いてこなかった。

「ここ、初めて来ましたけど、ずいぶん静かな場所ですね」

公園の中には広い道路が通っているものの、一本道を入ると小さな森があり、それを抜けると青い芝生が目の前に広がる。早朝だからか、人っ子一人いない。遠くに小型犬と散歩中の若い女性が見えるだけだ。

「わりにいいでしょう。都心の穴場なのよ」

「よくご存じですね」

「武道館《ぶどうかん》で警察のブラスバンド部の発表会があってね、毎年来るの」

芝生の中の小道のベンチに、平川にうながされて、並んで座った。

「本当に、久しぶり」

改めて、ため息混じりに彼女は言った。

「ご無沙汰して、すみません」

「いいえ。便りがないのはよい便り。私たちなんかのところに、連絡がない方がいいのよ」

「そう言っていただくと、ありがたいです」

「で、昨日のお電話の件だけど」

ショコラとの会話の後、テントウムシは迷いながら平川に連絡したのだった。平川は今も「サイバー犯罪対策課」にいる。アゲハのことを何か知っているかもしれない。少なくとも、なんらかの資料は持っているだろうと予想した。

「正直言うと、あなたが問い合わせてきた女性について、私たちが知っているとも調べているとも言えないの。もちろん、あれだけ大きな事件で、刑事事件でもあったから、警視庁が捜査したことは確かだけど」

「彼女の写真は広く拡散しています。多少の事情はご存じでしょう」

テントウムシは簡単に説明した。今、自分たちが置かれている環境のこと、そこの住人たちのためにも、彼女のことを調べたいこと。

最初、平川に連絡する、ということは少しも考えていなかった。彼女が捜査内容をぺらぺら話すとは思えなかったからだ。けれど、ショコラの話を聞いて背に腹は代えられなくなった。

「私にはもうあの場所しかないのです。日本中、いえ、世界のどこにも私の居場所はなかった。あそこはどうしても守らなくてはならない」

平川は、テントウムシの顔をじっと見た後、小さくうなずいた。

「あの頃……あなたの事件が起きた頃」

彼女の、うつむきがちの瞼《まぶた》がひくひくと震えた。

「私たちもまだ未熟だった。あなたの事件は、初めての大きなサイバー犯罪だった。だから、ほとんど何もできなかった……今なら、あなたにもっとしてあげられることがあったんじゃないかって……思い出しては、申し訳なく思っていたのよ」

「いいんです。それでも、今、やっと終《つい》の棲家《すみか》を手に入れたんです。たった一つの安心できる場所を」

「それがわかって、心から嬉しく思っている」

「私はもう人並みの幸せも家族も将来も、何もかもあきらめています。だけど、たった一つのその場所を取り上げないでください」

「……資料は読んできました」

平川はつぶやいた。

「でも、こちらから話すことはできないの。ただ、あなたが話すことを聞くことはできるわ。あなたから話して。そして、それが間違っていなかったら、うなずくから」

「ありがとうございます」

「それが私の、精一杯」

「わかっています」

テントウムシは、ショコラから聞いた話を丁寧にくり返し、平川の表情をうかがった。彼女は時折小さくうなずき、時に首を振った。けれど、首を振ったのはごくわずかな回数だけだった。

「……最後に……彼女が自分で写真をネットに拡散した、というのは本当でしょうか」

平川は微動だにせず、しばらく黙った後、初めて口を開いた。

「イエスであり、ノーだわね」

「どういうことですか」

「そういう証言もある。だけど、写真は少年のパソコンから配信されている跡が残っているのは確か。だから、なんとも言えない」

これ以上はだめよ、というように、平川は口の前に人差し指でバツ印を作った。けれど、テントウムシはさらに尋ねた。

「これは個人的質問です。彼女はどうしてそんなことをしたのか、わかりますか。写真のこともそうですし、クラブを次々と壊していったことも、いったいなんの意味があるんでしょう」

「わからない。ただ、これは一般論だけど、思春期の少女の行動は母親に大きく影響される」

「ミツ……」

思わず、ミツバチに、と言いそうになって口を閉じた。

「一般論よ、一般論」

この話はおしまい、というように平川は微笑んだ。

「さあ、そろそろ行かないと」

「お忙しいところ、すみませんでした」

平川は立ち上がって、「あなたはどちらから帰るの？」と尋ねた。

「九段下から。ホテルに戻って、九州に帰ります」

「そう、では私は竹橋《たけばし》から」

平川はテントウムシと反対側を指さした。

一緒に帰りたくないのか、これ以上歩いているところを見られたくないのだな、とわかった。

「今日は本当にありがとうございました」

「こんなことで、借りを返した気になっているわけじゃないのよ。だけど……あなたのことは本当にずっと心配している。幸せを祈っているの」

「ありがとうございます」

また、何かあったら連絡してね、と彼女は言って、また、元来た道を戻って行った。

木々の中にその背中が隠れるのはすぐだった。

＊　＊　＊

私は一度、氷室さんの家の近くに行ったことがあります。

母の様子があんまりひどかったので、何かできることはないかと思ったのです。

何かって……ちゃんとした考えがあったわけではありません。

でも、氷室さんのお母さんと顔を合わせることができたら、うちの母のことをお願いできる機会があるかもしれません。

そして、氷室さんのお母さんのお手伝いでもできれば、もしかしたら、次のパーティか何かに呼んでもらえるかもしれません。

それとも、氷室さん自身に会えて、たまたま彼女が一人でいたら、一緒に遊んでもらえることができるかも。そしたら、娘と仲のいい私のことや、私の母のことを邪険に扱ったりしないでしょう。

それも皆、口実で、私は氷室さんに近づきたかったのかもしれません。

私は教室で氷室さんを見ている時に、なんとなく思っていたのですが、彼女にはまだ少し隙《すき》のようなもの、私を受け入れてくれる可能性のようなものがあるような気がしました。

一番体が大きくて、頭もよく、皆のリーダー的存在で、私のことも邪険に扱わないと、あの教室の統率が取れないからそうしているだけで、本当はそんなに私のことが嫌いなのではないのかも。

実際、その頃は、彼女が積極的に私に何かきついことを言ったり、無視したりすることはなかったのです。ただ、口を利かないだけで。

積極的に無視しようとするのと、口を利かないのとは違います。同じように見えても全然違いますよ、先生。

氷室さんは、例えば、プリント用紙を前から回す時、ちゃんと体をひねってこちらに向けて、私の机の上にふんわり置いてくれました。だけど、他の子は顔をこちらにも向けないで、叩きつけるように置くのです。

他の子が私のことを無視するのは、どんな時も行われました。本来なら、話さなければならない時にも口を利かなかったり、教室や廊下ですれ違う時に体を不自然にひねって避けたり。

氷室さんはそういう時に体をねじったりはしません。ただ、さっと脇をかすめるように通るだけです。

だから、もしかしたら、何かの拍子に、彼女と仲良くなれる可能性があるかもしれない、と思いました。

私はお気に入りの塗り絵を持って、そっと、彼女の家がある、コンドミニアムの棟に行きました。もしも、彼女が塗り絵に関心を持ったら、一緒にやったり、時によってはそれをあげてしまってもいい、そう思っていました。

私は塗り絵を胸に抱えてできるだけ目立たないように歩きました。その途中で、クラスの子たちに会ったりしたら、計画が台無しになってしまいます。私と一緒のところを見られたら、美鈴さんは優しくできないでしょう。誰にも会わないように、廊下を曲がる時や階段の踊り場で、息を殺してそっとのぞいたりしました。探偵や泥棒が家に忍び込むみたいに。

そうして、その棟に近づいた時、ちょっと異様な気配に気がついたのです。

棟全体はひっそりと静まり返っていました。しかし、その中に怒鳴り声と子供の泣き声が聞こえていました。

そういうのは、そんなにめずらしいことではありません。

うちの棟にも時々、誰かが怒られて泣いていることがあります。子供が住んでいるマンションや団地ではままあることだと思います。

だけど、その時、私が感じたのは、棟の中がじっとそれに耳を傾けているかのような静まりでした。他もざわざわしていたら、そんなに不思議に思わなかったでしょう。

理由はなんとなくわかりました。怒鳴っている人の声が、男だったのと、女の子がひきつけを起こしているみたいに、張り裂けるように泣き叫んでいたからです。男の人が昼間に家にいるのはめずらしいし、泣き声があまりにひどくて、皆、様子をうかがっていたのでしょう。

私はそれを聴きながら、そっと、氷室さんの家の階まで上がって行きました。彼女の住居は三階の一番端の部屋でした。静まり返っているだけあって、廊下や階段には人っ子一人いませんでしたから、私は簡単に近づけました。

その階まで上がって、私は気がつきました。二人の叫び声が聞こえてくるのは、氷室さんの家かららしい、と。

びっくりしました。あの優等生の氷室さんと、優しそうなお父さんがあんな声を出すなんて。

でも、まあ、彼女の家だと、完全に決まったわけではありませんでした。同じ階の別の家や隣の家の可能性もありました。でも、近づくにつれ、どんどん声が大きくなるのです。ついに、氷室さんの隣の家の前に来た時、私は慌てて、そこを離れることにしました。氷室さんだったとしたら、逆に私はどうしたらいいのかわからなくなったからです。

でも、私が踵《きびす》を返したとたん、家のドアがばたんと開いて、氷室さんが飛び出してきました。

私はつい振り返ってしまって、彼女と目が合いました。

彼女はもう声は出していませんでしたが、目は泣きはらしたように真っ赤で、頬も濡れていました。

私は、いけない、と思いましたが、一方でほんの少しだけ期待している気持ちもありました。そんなところを目撃してしまった私を、彼女は友達にしてくれるのではないか、と。

または、彼女の弱みを握った私にもう少し優しくしてくれるのではないかと。

私は、思わず、ちょっと彼女に微笑みかけてしまいました。それは、同情でも共感でもあったと思います。

親って、時々、すごく怒るから、やだよね。うちも同じだよ。

もしも、彼女に声をかけるとしたら、そんなところだったと思います。本当はうちの親はあんなふうに怒ったりはしませんでしたけど、そのぐらいのうそをつくのはぜんぜんかまいませんでした。彼女と仲良くなれるなら。

期待していたような奇跡はまったく起きませんでした。

私の姿を見た氷室さんは、ただ、黙ったままにらみつけると、私の脇を通って、外に出ていきました。

私は彼女の情けない姿を見てしまって、次の日から、教室で、積極的に無視されるようになりました。最後の望みも絶たれてしまったわけです。

でも、私は知りました。氷室さんもまた、家では親に狂気じみた叱られ方をしていること。それをあの棟の他の人たちに知られていることを。

しかし、それは、彼女を弱く見せるどころか、私にはさらに一回り大きな存在に見せるようになった気がします。あの人はつらい時も私と慰《なぐさ》め合うことを選ばなかった。

あの人は強い人です。いつも明るい場所に向かっている。

同じようなつらい境遇でも、私がいじめられて、あの人がトップに立っていたのがわかります。その生命力が周りの子供たちを引き付けたんです。

＊　＊　＊

渋谷のホテルに戻って、荷物を整理しているところに、携帯に電話がかかってきた。表示された番号は、見ず知らずのものだった。

「はい」

「………」

「どちらさまですか」

「……あたし、あの、ファミレスで会った」

「あ、西高の人ですか」

「本当に、あんた、美佐江と一緒に住んでいるの？」

ファミレスで最後に声をかけた、背が高く美しい、あの少女だ、とわかった。その話は他の生徒たちにはしていない。

「ええ」

「ふーん」

「どうしてこの番号を知ってるの？　名刺は持って帰らなかったでしょう」

低い笑い声が聞こえた。

「ゴミ箱にいっぱい捨ててあったもん、あんたの名刺」

「ゴミ箱？」

「ファミレスの入り口のところにあったやつ。皆、出る時、そこにぶっこんで行ったんだよ」

そうだったのか……ショコラから連絡があってよかった。他の生徒は、最初から電話なんてするつもりなかったんだ。テントウムシは唇を嚙《か》んだ。

「会える？」突然、少女が言った。

「会えるけど……今夜は飛行機に乗らないといけないの」

「どこから」

「羽田空港」

「いいよ。羽田で会おう」

「羽田まで来てくれるの」

「羽田は好きだよ。それにうちの生徒も先生もいないし」

学校が終わった後、羽田の出発ロビーで、と簡単に言って、電話は切れた。


テントウムシは四時過ぎに羽田に着いた。平日なのに、羽田空港はそこそこ混んでいた。いや、むしろ、平日だからこそ、なのかもしれない。ビジネス客が多い。

チェックインをすませて、ロビーのソファに座ると、大きなため息が体中から出たように漏れて、ぼんやりしてしまった。自分は疲れているようだ、とテントウムシは思った。身体的な疲れはそうでもないのだが、『虫たちの家』の住人たち以外の人間と触れ合うのは久しぶりだった。さらにホテル暮らしというのが、身に堪《こた》えたのだろう。

すると、そんなテントウムシを見透かしたように、どさり、と音を立てて、制服姿の少女が隣に座った。

「あ」

思わず、声が出てしまった。

しかし、彼女はテントウムシの方に顔を向けず、膝に肘をついて、貧乏ゆすりをしていた。

「どこかでお茶でも飲む？」

「……ここでいい」

「ここでいいの？」

「ここの方がいいって。誰も、あたしたちの言うことなんて聞いてないし」

「羽田のこと、よく知ってるの？」

「父親が北海道にいて、時々、行くから」

「そう。お父様、単身赴任なの？」

「……離婚。いろいろ約束事があるの。一年に何回は向こうに行かないといけないとか。親たちが決めたことだけど」

「ごめんなさい」

少女はやっと振り返り、テントウムシを見た。

「そういうことじゃないんだよ」

「え」

「親が離婚してかわいそうとか、行ったり来たりの生活は大変でしょう、とか、そういうことじゃないの。ただ、そういうふうに決まってるってこと。だから、あんたなんかより、あたしの方が空港を知ってるってこと」

「わかった」

「飛行機、何時？」

「最終の八時。時間はある」

アゲハとも少し違うが、独特の迫力を持った少女だった。

「リナ」

「え？」

「あたし、リナって言うんだけど、美佐江、あたしのことなんか言ってなかった」

急に質問をしてきた。

たぶん、これが自分と会ってくれた理由なのだろう、とテントウムシは思いながらおそるおそる答えた。

「あなただけでなく、お友達のことを聞いたことは一度もないわ。クラスに友達はほとんどいなかった、って聞いている」

「ふーん」

アゲハについては事実関係だけはある程度わかっている、今知りたいのは、その動機や気持ちだけだ、とテントウムシは、少女の細い肩を見ながら思った。それだけでいいのだと。けれど、彼女にどう尋ねたらいいのだろうか。

「あなたをなんて呼んだらいい？」

「なんでもいいよ」

「何か、好きな名前ある？」

そう、名前だ。私たちには皆、名前がある。けれど、私たちは名前を捨てた。捨てなければ、生きていかれなかったからだ。名前を検索されたら、過去を知られる。

そんな自分が、人に名前を聞いている……なんだかおかしかった。

「何よ」

「なんでもない」

「だけど、笑ってるじゃん」

「ごめんなさい。ちょっとね。ねえ、なんと呼ばれたい？」

「だから、リナよ。朝倉《あさくら》リナ」

「本名？」

「当たり前でしょ」

そうだ、彼女はまだ名前を失っていない人なのだ。そして、ショコラのように、アゲハについて悪いことを話そうとも思っていない。だから本名を名乗れる。

「リナちゃんは、美佐江とはどういう関係だったの」

「どういうって……友達だよ。同じクラスの」

「美佐江とは仲が良かったの」

「普通じゃない？」

「あなたは何か部活は入ってなかったの」

「あたしは入らない。ああいうの、好きじゃないから」

「美佐江はいろいろな部に入ってたみたいね」

「……そう」

リナは初めて、少し目を伏せた。

「どうして、いろんな部に入るのか、聞いた?」

「知らない」

「美佐江は、クラスにリナちゃん以外に友達はいた?」

「いない……と思う」

テントウムシは思い切って聞いてみることにした。

「美佐江にも聞いているし、他の学校の友達にも聞いているんだけど……美佐江はいろんな男の子と付き合っていたよね。リナちゃんは知ってた?」

ただ、軽くうなずいた。

「どうして、そんなことするのかな」

「知らないよ。なんで、そんなこと聞くの」

「美佐江の治療のために必要だから」

リナの勘違いをそのまま使うことにした。

「そういうの見て、リナちゃんはどう思った? 嫌な気持ちにならなかったの」

「別に。美佐江の好きにすればいいし」

「本当に？」

「別にあたしの男でもないし」

「どうして、いろんな男と付き合ったり、クラブの中をめちゃくちゃにしたりするの、って聞いたことある？」

「だから、知らないって」

「そう。じゃあ、美佐江が自分で写真をばらまいたと思う」

「そういうこと、言ってる人もいるけど、そんなこと、しないと思う。美佐江に聞いたけど、違うって言ってたし」

リナには否定していたのか。テントウムシが次の質問を考えていると、リナから質問してきた。

「どうして、そっち……あんたのところに行ったのかな、美佐江」

「だから……写真がばらまかれて、学校にいるのがつらくなったからじゃないの」

「そんなわけないよ。別になんか理由があるはずだよ。そんなことで、美佐江があたしのことを置いて、行っちゃうわけないよ」

「そう思うの？」

「一度、美佐江がクラスの男にちょっかいかけてて、あたし、怒ったんだよね。そんなことをしたら、クラスの中の居場所もなくなる。あたしの居場所もなくなるんだからね、って」

「そしたら？」

「美佐江、ごめんって謝ってやめたよ。ちゃんとあたしの言うことを聞いてくれた。それなのに、美佐江が理由もなくそっちに行っちゃうわけないよ。きっとなんか理由があるんだよ」

「リナちゃんは何か思い当たることはないの」

思わず、身を乗り出した。

「知らないけど……あんたたちが無理やり連れ出した、とか」

がっくりした。リナもまったくわかってないのだ。

「そんなわけない」

「あんたか、美佐江のお母さんか、児相《じそう》か裁判所が連れてったとしか思えないんだけど」

リナはアゲハが去ったことに悩んで、知っている限りの権力が関係していると、自分を慰めたのか。だから、それを確かめに、テントウムシに近づいてきた。

「たぶん、違うと思う。私が知っている限りは」

「絶対、そうだよ！」

リナの声に、まわりの人間が何人か振り向いた。

テントウムシが、リナを落ち着かせようと、肩に手を置くと、するどく振り払った。でも、席を立たなかった。ただ、貧乏ゆすりがひどくなっただけだ。

「やりたいから、ってあいつ、言ってたよ」

しばらくして、リナがつぶやいた。

「何を」

「男とか……クラブとかを、どうして壊すのって聞いたら、ただ『そうしたいから』だって」

そんなの理由にならない、と思うけど、彼女たちの間では違うのか。

「他に何か言ってなかった」

「何も。本当にそれだけ」

じゃあ、とリナは立ち上がった。テントウムシも慌てて立ち上がる。

「帰れるの？　一人で」

「当たり前だよ。子供じゃないし」

「今日は来てくれてありがとう」

「いいよ。ただ、美佐江に、あたしに連絡するように言ってくれる？」

それはできない、とわかっていた。彼女の話を聞いたのも、話せないのだ。

「たぶん、無理だと思う」

「どうして」

「美佐江は今、誰とも連絡を取れないところにいるから。しばらく、誰とも会えないし、連絡できない。それは許されていないの。だから、美佐江が連絡したくてもできない」

リナはテントウムシの顔をじっと見た。

「あなたのせいでもないし、美佐江のせいでもないのよ」

「わかった」

唇をほとんど動かさずに言った。

「でも、きっといつか、美佐江はあなたに連絡すると思うよ」

リナはテントウムシを少しにらんで、小さくうなずくと、返事もせずに立ち去った。彼女のローファーの靴音が、ロビーに響いた。

＊　＊　＊

母がおかしくなってから、父はあまり家に帰ってこなくなりました。

とはいっても、私たちがいるのは塀の中です。いったい、父がどこにいるのか、私にはわかりませんでした。

もちろん、初めはお仕事なんだろうと思いました。

でも、だんだん、そういうことじゃないということに、気がついたのです。

やっぱり、きっかけは、氷室美鈴さん一家でした。

夕方、父が美鈴さんの父親と一緒に中庭を歩いているのを見たのです。二人は仲良く、何か話しながら歩いていました。

家に帰ってきた父に、「氷室さんのお父さんのこと、知ってるの？」と聞きました。

「そりゃあそうさ、氷室さんとパパは同じ会社なんだよ」

父はその日、機嫌がよかったのか、楽しそうに答えました。

「それに、あの人は同期でもあるし」

「同期ってなあに？」

「同い年。会社に入った年が同じなの。お前と美鈴ちゃんと同じ。会社の同級生ってこと」

そのことは、氷室美鈴さんも知っているんだろうか、と思いました。あれから、彼女は私をずっと無視しているけれど。

「氷室のところは、奥さんも同期だから」

「え」

「氷室は会社で奥さんと知り合って、結婚したんだよ」

言ってしまってから、父は少し後悔したような顔になって、黙ってしまいました。たくさん話しすぎた、と思ったみたいでした。

では、母を邪険に追い払ったあの人も、父と同じ会社のお友達だったのか。

私はそれから、そのことを時々、考えるようになりました。父と氷室さんのお父さんとお母さんが一緒の場所にいるところやら、今とはずっと若い三人の姿やら、三人が働いているところなんかを。

いいえ、先生。

三人が同期なのに、母と氷室さんのお母さんたちの仲が悪いのは、そんなに不思議だとは思いませんでした。

だって、現に私と氷室さんは仲が良くありませんでしたし。

私が今いる中学校でだって、同級生は百人以上いるのに、仲がいい人も良くない人もいるじゃありませんか。

私には、友達は一人もいない。

むしろ、同期だからこそ、うまくいかないんじゃないかと思いました。その方が、当時の私にはわかりやすかったです。

でも、三人の〝同期〟たちを思い浮かべるのはなんだか楽しいことでした。

孤独な家庭、孤独な学校、孤独な夜。その中で私は三人のことを考えていました。頭の中のほとんどをそれが占めている、と言ってもいいほどでした。

特に学校では、氷室さんの背中を見ながら、ぼんやりそのことを考えていました。

彼女は親同士が同期であることを知らないみたいでした。そのことについて、話したことは最後まで一度もなかったのです。

ある時、ふと後ろを振り返った氷室さんと、そのことを考えていた私は目が合ってしまいました。どうも私は、そのことを考える時に、にやにや笑ってしまうみたいでした。

「なんか、にやにや笑ってる」と、彼女が隣の子に言っているのを聞いて、それがわかりました。

とにかく、そのぐらい、私はそのことを考えるのが好きでした。

そのうちに、父の帰宅が遅いのは仕事じゃない、ということに気がつきました。

なぜなら、氷室さんのお父さんとうちの父が同じ仕事をしているのに、彼女のお父さんは早く帰っているみたいだからです。それは彼女の言葉の端々や、作文なんかでわかりました。彼女はお父さんによく宿題を手伝ってもらっているみたいでした。ここでの勉強について「パパはとっても心配している」と他の友達に話していました。こんなに人数の少ない場所では学力が下がって、将来の中学受験に差し障《さわ》るのではないか、と言っているそうでした。だから、日本から特別の参考書を送ってもらって、彼女は勉強しているようでした。家や時に図書室で。

彼らの話を盗み聞きするのも私は大好きでした。

そして、そんな話を私には聞こえないようにひそひそ話しているあなたのお父さんとお母さんと、うちの父は〝同期〟なのだ、と考えるのが好きでした。

父が図書室で時間を潰しているのではないか、ということに気がついたのもその頃です。父は時々、図書室の本を持って帰ってきてたし、他に時間を潰す場所もないから。

あそこの図書室は、そんなに大きくありません。私たちの学校がある建物の最上階の二部屋を使っていました。

蔵書もそんなに多くなかったです。もともと、どこかの会社の持ち物だった本を、治安の悪化により、日本大使館の敷地に日本企業が統合される時に寄贈されたものでした。その他に、さまざまな家族たちが帰国する際に置いて行った本や参考書などがありました。それでも、辞書や百科事典などがそろっていたので、何か調べものをする時などに使われていました。

二部屋に本棚と閲覧のためのテーブルや椅子が並んでいました。

私も本当はそこで本を借りたかったのですが、そこに行くと、学校の人たちが誰かしらいて、私が入って行くと嫌な顔をするので、あんまり行けませんでした。

その頃には、私は他の学年の人にも無視されていたのです。たぶん、お母さんたちが、氷室さんのお母さんに嫌われないために、私とは遊ばないように言っていたのだと思います。

私はもっぱら、自分の家にいて、ジャミと遊んだり、勉強したり、部屋でぼんやりしていました。

「ねえ、どうしてうちのママは同期じゃないの？」

ある時、私は父に尋ねました。

たぶん、めずらしく、父が夕食時に帰ってきた時だったと思います。母はもうほとんど私たちと一緒にご飯を食べるようなことはなかったのです。私が学校に行った後や、夜中に、ジャミが作ったご飯をこっそり食べているみたいでした。

突然の問いに、父は面食らった顔をしていました。もう、そんなことを話したことさえ、覚えていなかったようです。私はもう一度、同じ質問をくり返しました。

「……ママとはお見合いで、親戚の人に紹介してもらったから」

やっとのことで父は答えました。

「どうして、パパは氷室さんのお母さんと結婚しなかったの」と私は続けて聞きました。

え？

どうして、私がそんなことを聞いたかって？

何か、それを疑うようなことがあったか、ということですか。

そんなことはありません。

どうしてですかね。ただ、あんまりにも、「同期の三人」について考えていたので、自然、その組み合わせ……氷室さんのお父さんとお母さん、うちの父と母……が入れ替わってもいいのじゃないか、と思ってしまったのです。

それは、そんなに違わないことじゃないかと。

実際、私は、自分が氷室さんの家の子で、氷室さんがうちの子だったらどうかなあ、とか、考えるようにさえなっていました。

何か、大きな理由やきっかけがあったわけじゃないのです。ただ、母はほとんど姿を見せないし、父も帰ってこないので、家族というものがうっすら透明みたいに見えていた、ということはあるかもしれません。どちらでも同じだ、と私に思わせるほどに。

父はとても驚いたらしく、私の顔をしばらくじっと見ていました。そして、一言、「そんなこと、あるわけないじゃないか」と言いました。

V

1

薄靄《うすもや》の中の水平線に、島の骨格が現れてきた。

いつも本土から戻ってくる時にはそれを必要以上に眺めてしまうのだけど、（その回数はそう多くないが）今日はさらに一段と食い入るように見入っている自分に、テントウムシは気づく。

青々と木々が茂って、海に浮かんだ緑のスポンジの塊のように見える島。実際に上陸してみれば、木々があるのは島の中央の山や一部の森ばかりで、そう緑の多くない島だと思えるのに、こうして遠くからだと、まるで未開の島のように見える。

人と一緒だ。近づいてみないと、何もわからない。

ふっと、こうして島をこちら側から眺めるのは最後になるのではないか、と思った。いや、最後にしたい、と。

自分はもう島から出ない。ここに骨をうずめるつもりで働こう、生きていこう、ここを愛そう。人目につかないように、でもできる限り、島のために尽くしたい。何ができるだろうか。

「久しぶりでないの、島から出たのは」

あまりにじっと見つめすぎて、目の端に涙がにじんだ時、船長の藤田《ふじた》という老人から声をかけられた。

「ええ」

慌てて、目のあたりをこすりながら振り返る。

「何かあったの」

尋ねられて、警戒心が一気に跳ね上がった。この感覚、島の人と話す時の感覚をしばし忘れていた。

「東京で親戚の葬儀があって」

本当のことだし、言い訳としてもちょうどいいので、ためらわず使った。

「そう。前に出たのは……確か二年前の冬だったよね」

顔に驚愕《きょうがく》の色が出ないように抑えながらも、どきりとした。彼はよく覚えている。テントウムシさえも記憶の片隅にしまい込んでいたことを。

「覚えているさ。あれはうちの娘に子供が生まれた頃だもの。ばあさんが何度も本土に行って、その時、あんたもいた」

「そうでしたっけ」

とっさにとぼけたけれど、本当はくっきりと覚えていた。

二年前の一月、アルジェリアの天然ガスプラントでテロがあり、日本人が何人も犠牲になった。

久しぶりにテレビから聞こえた、その地名にテントウムシは凍りついた。しかも、天然ガスプラントの映像、それを囲むコンクリートと鉄条網の塀は、子供の頃住んでいた、あの場所とよく似ていた。

それから、テントウムシは子供の頃のことを思い出すようになり、どうしても本土に渡って、いくつかのことを確かめなければならないと考えるようになった。

テントウムシは本土の医者に行く、とマリアにうそをつき、今と同じように船に乗って、「彼」に「それ」を確かめに行った。

「あんた、具合悪そうに厚着して、帽子をかぶって、船の端にしゃがんでいただろ。もしかして、あんたもおめでたじゃないか、って思ったよ。でも、あそこの家には女の人しかいないから……」

驚くほど観察している。いや、観察されているのだ。いつも。

やはり、警戒を怠《おこた》ってはならない。

「それとも、もう、島から出ていくんじゃないかって、ちょっと心配したよ」

「そんなこと、ありませんよ。アレルギーの症状が悪くて、本土の病院に行ったんです」

思わず、つけつけとした、きつい口調になってしまった。

「ならいいが」

「島が大好きなんです。愛しています。ずっと住み続けたいんです。本当ですよ」

慌てて、口調を和らげる。しかし、「愛している」などという大仰な言葉を遣ったため
か、彼は戸惑った笑いを残して離れていった。

また、前を見る。島はさらに近づいている。

振り返ると、老人が操舵席《そうだせき》に上がり若者と操作を代わるのが見えた。テントウムシのこ
となど忘れたように淡々とした表情になっているのを見て、ほっとした。

「君のせいじゃない」

あの時、突然現れたテントウムシに驚きながら、彼ははっきりと否定してくれた。

テントウムシの杞憂《きゆう》は、昔、あの場所で起きた事故が自分のせいではないかということ
だった。

「あれは事故で、誰のせいでもない。娘にもちゃんと確認した」

もう一つ、テントウムシには彼に聞きたいことがあった。

それは「願望」でもあった。もしも、そうだったら、自分は複雑な気持ちになるけれど、
きっと嬉しくもあるだろうと。

しかし、それについても、彼は「違う」と否定した。

あの時、ほっとしたと同時に、最後の望みがついえて、がっかりしたのも覚えている。

ただ、彼はテントウムシに少しだけ、今の家族の状態を話してくれた。

「娘はあれから僕に気持ちを閉ざしてしまっている。でも、困ったことがあると、頼ってくる」

彼の娘は何度も離婚と結婚をくり返しているそうだった。でも、離婚の後は必ず彼のところに戻ってきた。さらに、新しい男ができて自分の子供が足手まといになると預けに来た。また、多額の借金を肩代わりしたことも何度もあった。彼は淡々と語った。

「あなたはよくやってらっしゃると思う」

一生をかけて償《つぐな》うしかないんだ、とさびしそうに笑った。

「それでも、孫からは極悪人のように恨まれているよ」

「今はお近くに住んでいるんでしょう」

彼と昔話をして、テントウムシは気持ちを取り戻し、島に帰ってきた。あれが二年前のことだ。

彼と会うことも、あれが最後かもしれない。

顔を正面に戻す。島は少しずつ全容を現し、ただの緑の塊ではないことを主張し始めている。

あそこに帰るのだ、と思った。

＊　＊　＊

先生はどうして、この学校に来たんですか。

私ですか？　私は担任の先生に言われたからです。

このスクールカウンセラーという制度ができた、と聞いた時、まさか自分が受けさせられるとは思いませんでした。そういうのは、もっと……もっと……。

そうです。学校をさぼったり、髪を染めたりする、高木《たかぎ》さんたちのような人たちのためのものかと思いました。

だから、担任の中川《なかがわ》先生から「行くように」言われて、本当にびっくりしました。

私は何もしていないのに。

時々、学校を休むけど、それは熱が出たり、お腹が痛かったりする時だけです。本当です。成績もそんなに悪くないと思います。

英語は学年で一番です。フランス語も少し話せます。ジャミのおかげですね。でも、ジャミの顔と同じで、少しずつ忘れているけど。

でも、中川先生は、ただ自分が好きな話をしてくればいい、と言ったから来ました。

とはいえ、中川先生とかがクラスの中で私のことで困ったりしているとは思えないんです。それなのに、行って来いと言ったのは、どうしてでしょう。

私がどう思うか、ということがそんなに大切なことですか？　先生は私が質問すると、必ず、「あなたはどう思うの？」と聞くけど。

そう、大切ですか。では答えます。

きっと中川先生は私のプロフィールを見て、それだけでここに行けと……ええと、なんと言うんでしたっけ、インタビュー？　そうそう面談、カウセリングですね。それで行けと言ったのだと思います。私の家族とかの問題で。それだけで、反射的に決めたのだと。

先生は大学で心理学の勉強をしたのですか。今、何歳ですか。二十五歳……大学院も出たんですか。すごいですね。それで、ここに赴任したんですか。ここに来て、そろそろ一年になりますよね。先生が来たのは、私が二年生になった時だから。

ふーん。

わかりました、話を戻します。

母は一日中部屋に閉じこもりっきり、父も私が夕食を食べ終わった頃帰ってきて、ご飯を食べると書斎に入っている、という日々でした。そのうちに居間から書斎にソファを運ばせて、そこで寝るようになりました。

ある時、私は書斎に入ってみました。あんまり父がそこにばかりいるので、久しぶりに見てみたかったのです。

書斎には鍵などはなく、いつでも入れました。

実際には、書斎は第三ベッドルームを改装したものでした。第一ベッドルームは夫婦の寝室、第二ベッドルームは私の部屋でした。本来、もう一人、子供がいれば、第三ベッドルームを使うのでしょう。

重い扉を開けて、そこに入ると大きな本棚と机、そして、父が運ばせたソファがありました。ソファの上には毛布がありました。

父が寝ているためか、そこは父の臭いがしました。髪につけるヘアクリームと体臭が。そして、本棚には国語辞書や英語の辞書、そして、歴史小説などの、日本から持ってきた本がありました。

机の上には、図書室から借りてきたと思われる本が積み上げてありました。それには大きなスタンプが押してあるからすぐわかるのです。

その本を見て、私は驚きました。

『エルマーと16ぴきのりゅう』『大きい1年生と小さな2年生』『ジュニア版 ファーブル昆虫記 5オトシブミのゆりかご』

今でもはっきり覚えています。そこにあったのは、全部、子供の本でした。

でも、父がこういう本を私の前で読んでいるのを見たことがありません。

私はそれらの本をぱらぱらとめくってみました。どれも、子供たちがよく読んでいたのか、端がめくれたり、茶色く変色していたりしました。

私は父が本を読んでいる様子を思い浮かべました。頭の中に思い浮かんだのは、仕事のためにむずかしい本や新聞を読んでいる父でした。

もしかして、父は私のために、こういうものを読んでいるのではないか。

そんな思いが頭をかすめました。

だけど、それらを私に勧めてくれたり、話してくれたりしたことはないのです。

子供の本を借りるのはこれが最初で、これから父は私に話してくれるのではないか。でも、『ファーブル昆虫記』は5巻で、最初から読んでいるとしたら、もっと早く教えてくれてもいいのに。

いや、『ファーブル昆虫記』が皆、貸し出されていて、これが最初なのかもしれない。

私はいてもたってもいられず、それを確かめるため、部屋を飛び出しました。

私が向かったのは図書室でした。ほとんど小走りでドアを開けて入ると、中にいた数人の子供たちが私を見ました。私と同じ学年の子もいました。迷惑そうな目でこちらを見る子もいました。でも、そんなことはかまっていられませんでした。

私は『ファーブル昆虫記』を探しました。それは何巻もある本でしたから、すぐに見つかりました。1巻も2巻もありました。

私は震える指先で1巻を引き出し、本の裏表紙を開けました。そこには紙のポケットがついていて、中に図書カードが入っていました。引き出すとびっしり名前が書いてありました。

父の名前がありました。「田代康夫《たしろやすお》」と見覚えのある筆跡で。

父はもうすでにこの本を借りていた。では、どうして私に教えてくれなかったのだろう。私のためでないとしたら、どうして、子供の本ばかり借りているのだろう。

2巻も手に取って同じように調べると、それも父が借りた後でした。そして、その時、ふっとあることに気がついたのです。

父の名前の後に「氷室美鈴」という名前があるのを。

私は慌てて、もう一度、1巻の図書カードに戻りました。そこにも、父の名前の直後に「氷室美鈴」の名前がありました。3巻にも。

図書室には4巻がなく、7巻と8巻には父の名前も氷室さんの名前もありませんでした。

私は、ぐるぐると図書室の本棚を見回し、『エルマーのぼうけん』という本を見つけました。父の書斎にあったのと同じシリーズだとすぐわかりました。題名も絵のタッチも同じだからです。何よりも他の本と同じ男の子が描かれていましたから。

本の裏表紙をまた開いて、図書カードを見ました。

やはり、父と美鈴さんの名前が並んでいました。

子供と大人というのは、いったい、どういう時に仲が良くなるのでしょうか。

例えば、先生と私は友達ですか。

違いますよね、やっぱり。

それでも、私と先生は女同士だから、お友達になってもおかしくないと思うのです。私は十四歳だし、先生は二十五歳だから、十一歳しか違わないし。

だけど、父と美鈴さんはどうして仲良しになったのでしょう。

もう、時間が来ましたか？　いえ、先生が今、時計を見たから。

わかりました。先生はこの話をしたくないのですね。とても困った顔をしてますよ。

そんなことありますよ。鏡で自分の顔を見ればいい。

ふふふふふ。

先生は今、本当はこんな話は聞きたくないのだけど、そして、ただのスクールカウンセラーなのに、どうしてこんなヘビーな話を聞かなくてはならないのか、って思っているのでしょう。

返事なしか……。

それでは、先生がこの三月で退職する、といううわさは本当ですか？

学生時代の恋人と結婚するって。だから、仕事を辞めるって。

皆、うわさしていますよ。

びっくりしたんですか？

違います、うわさのことじゃなくて、この学校のことですよ。

大学院まで出て、スクールカウンセラーなんてちょっと目新しくて、頭よさそうな人聞きのいい仕事に就いて……そしたら、驚くほど、子供たちの問題が多くて、重くて、抱えきれなくなった。こんな安いお金でやるなんて、割りが合わない。

それで、恋人に泣きついて、結婚を理由に円満退職。

今の子供たちが悲惨すぎて、勤めきれなくなったなんて、学校にも自分にも認めたくない。

でも、だめですよ。たぶん、私が最後の面談者。

ここまで話したのだから、全部、聞いてもらわないと。心理学者ごっこだって、ちゃんとやり遂げないと。

＊　＊　＊

港に迎えが来ていなかった。

連絡は入れていた。本土から朝、電話を入れた。誰も出なかったので、留守番電話に「三時四十分の船で帰ります」と吹き込んだ。

一方的に決めた時間だったから、ちゃんと伝わらなかったのかもしれない。午前中で誰も電話に気づかなかったのかも……。しかたなく、テントウムシは土産物屋の店先で電話を借りることにした。

「電話を貸してください」

東京で用意した携帯はすでに処分してしまった。少し前ならなんの問題もなかった頼みが、今は奇異に映る時代だ。おそるおそる声をかけた。

文子の店には彼女はいなくて、高校生らしい娘が一人、漫画を読みながら店番していた。母親がいなかったことに胸をなでおろしながら、テントウムシはもう一度、「電話を貸してもらえませんか？」と言った。

すると彼女は黙って、店先のピンク色の電話を指さした。いまだにめずらしいものがあるものだ、と感心しながら『虫たちの家』に電話をした。

十回以上鳴らしても、誰も出なかった。留守番電話にさえ、切り替わらなかった。さすがに少し、胸騒ぎがした。

「あのね、ここからタクシー呼べるかしら」

電話を切って、動揺を隠し、少女に語りかけた。島には観光案内のタクシーが何台かある。

「はい」

彼女は生まじめに返事をして、やっぱりそのピンク電話の上を指さした。テントウムシが気がつかなかっただけで、そこにはタクシーの電話番号が貼《は》ってあった。

「ありがとう」

しばらくしてやって来たタクシーに乗って、『虫たちの家』に戻った。

木立の中に、切り立った赤い屋根を見つけた時には少し涙が出てきた。やはり、それはそこにあって、テントウムシの最後の砦《とりで》、終の棲家だった。

マリアと最初に島に移ってきた時には、移住者用の平屋建ての小さな団地の一角に居を構えた。人が増えるごとに「こんな狭い場所にいつまでもいられない」と探し回った。島の人々に頭を下げて、やっと見つけたのは、やはり移住者が住居として建てて、結局、本土に帰ってしまって空き家になった場所だった。格安で借りられることになったのは、本当に嬉しかった。それから一つずつ、『家』の形を作ってきた。

テントウムシの唯一無二の居場所だった。

「ただいま」

そう言いながら玄関を開け、居間に入って行った。

驚いた。

誰もいない、がらんとした部屋を想像していたのに、そこには『虫たちの家』の住人が全員そろっていて、ご飯を食べる時のように食卓を囲んでいた。

「ただいま……」

語尾が震えたのは、彼女たちの一様に硬い表情を見たからだ。

おかえりなさい、と言ってくれる人は誰もいなかった。

「テントウムシさん、ここに座って」

マリアが表情を崩さずに、自分の横の席を指さした。

「どうしたんですか、皆さん、おそろいで。私、本土から連絡したんだけど……」

努めて明るい声を出した。

「座って。ちょっと聞きたいことがあるの」

もう一度、マリアが言った。テントウムシはどこか観念にも似た気持ちで、それに従った。

「……あなたについて、信じられないようなことを知ったのよ」

「え」

テントウムシは自分の顔が火照《ほて》るのがわかった。代わりのように手は冷たくなった。

信じられないようなこと、とは、東京でアゲハのことを調べたことだろうか。しかし、それはつい昨日までのことで、こんなにすぐに伝わるとは思えなかった。

「もう二度とこの家には入れたくないと思ったけど、皆があなたにも何か事情があったり、こちらの勘違いだったりする可能性があるかもしれない、と言うものだから」

皆の、という言葉に、テントウムシが顔を上げると、ミミズとオオムラサキがこちらを見ていた。二人とも顔をこわばらせながら、目の中に強い光があった。

アゲハとミツバチは下を向いていて、表情は見えなかった。

「これを見たら一目瞭然で、言い訳のしようもないと思うけど」

マリアがテーブルの上のA４サイズの封筒から、大きく引き伸ばした写真を出した。現像したものではなくて、デジカメの写真をプリンターでカラープリントしたものだった。

「ああ！」

テントウムシは思わず声を上げた。そこには、自分が……図書館の中でパソコンを使っている後ろ姿が写っていた。

「ここのきまりを知っているわよね？　というか、それを作ったのはあなたと私だわよね？　インターネットを使うのはここで最もいけないことだということはあなたが一番知っているわよね？　あなたが何より傷ついてきたのはインターネットじゃないの？」

「違うんです！」

思わず、テントウムシは叫んだ。

「どう違うの」

「これは……これで調べたのは、アゲハチョウの生態です。ごめんなさい。マリアさんがどうして、アゲハちゃんにその名前を付けたのか知りたくて、それで本で調べるのが面倒でうっかりネットを使ってしまいました」

テントウムシはとっさにうそをついていた。ネットを使ったのはアゲハの過去を知るためで、アゲハチョウの生態を調べたのは図鑑や本だった。これほどはっきりとうそをついたのは、人生でもそうはない。それでも、つかざるを得なかった。この場所と自分を守るため。

「アゲハちゃんたちと少しでも早く仲良くなりたくて……そのためにはアゲハチョウの生態を知れば、マリアさんがその名前をつけた理由がわかるんじゃないかと……アゲハチョウは擬態する、っていう記事を読んで感心しました。理由がわかって」

マリアは目を細めてじっとこちらを見ていた。何も言葉を発しなかった。だから、テントウムシはよけい動転して、いらない言葉を重ねた。

「アゲハチョウは羽の模様を目や触覚のように見せて、鳥たちから攻撃から身を守るって。私、なるほどなあと思いました。だから、マリアさんは……」

マリアはその表情のまま、静かに、写真をめくった。一枚で終わりではなかった。下に、何枚もの写真が隠れていた。

それは、インターネットの閲覧履歴画面を撮ったものだった。そこには、テントウムシが調べたもの、アゲハの事件についての記事の履歴が何枚も、何枚も写っていた。

テントウムシは息をのんだ。

「あなたは私たちを裏切った。ネットを使って、アゲハちゃんを傷つけた」

マリアの声に、悲しみが満ちていることに、その時初めて気がついた。

「こんなもの、どこで？」

マリアより前に、アゲハが答えた。

「あたしの友達が撮ってくれたの。偶然に、あなたを図書館で見かけて」

テントウムシは、あの時の図書館の光景を慌てて思い出す。知った顔はなく、自分を注視している人間もいなかったはずだ。巧妙に見張られていたとしか思えなかった。アゲハの、偶然、という言葉の響きが変なことに、他の誰も気がついていないのか。

「待ってください！　これには理由があるんです」

「どんな理由？　ここの最大の規則を犯して、一緒に暮らす仲間を傷つけた理由って、何？」

「ここを守るためです。私はここを守るために」

「守るため？　そのためなら何をしてもいいの」

「だって、アゲハちゃんが」

ふっと口を滑らせて、すぐにつぐんだ。

「あたしがなんだって言うの？」

アゲハが急に顔を上げて、テントウムシをにらんだ。

「言いなよ！　全部、皆に話せばいいじゃん！　あたしが何をしたって？　あたしの過去を皆に言えばいいじゃん！　あたしはここに来れば助けてくれると思ってた。守ってくれると信じてた。あんたのことも信じてたのに！」

隣のミツバチがアゲハを抱きしめた。彼女は母親の肩に顔を寄せ、むせび泣いた。

「本当にひどい」

ミツバチが声を震わせた。

「こんなところに娘を連れてきた自分に腹が立ちます」

彼女が皆の前でこんなにはっきりと言葉を発したのは初めてだった。

「信じてたのに……」

アゲハの泣き方が本心なのか、芝居なのか、テントウムシはわからなかった。だけど、ここにいる人間の誰一人として、彼女を疑ってないようだった。

「マリアさんと二人で話せませんか」

落ち着いた声が出た。アゲハの叫びでむしろ気持ちは決まった。

「だから、皆に話しなって言っているの！　ここそこしないで！　いいから、全部話しなよ！」

アゲハがテーブルをこぶしで叩いて、吠《ほ》えた。

「娘の言う通りです。私たちの前で話してください！」

ミツバチも怒鳴った。けれど、マリアは冷静に言った。

「わかった。皆、二階に行って」

「そんなのおかしいよ！　あたしの話をするのに、この人の言うことだけを信じるの⁉」

「違うわ。そんなことしない。ただ、私とテントウムシは二人でここを作ったの。せめて、二人で最後に話させて。そのぐらいのことはしてあげてもいいと思う」

マリアが言って、彼女たちは一人二人と、二階に上がって行った。アゲハとミツバチは最後に二人をにらんで、しぶしぶ立ち上がった。

アゲハの反応とは反対に、テントウムシはマリアの言葉に打ちのめされた。それは自分に向けられたものではなく、他の住人たちに向けたものだった。マリアの心のうちはもう決まっているようだった。

それでも、せめて誤解は解いておきたかった。まだ間に合うかもしれない。

階段を上がって行く途中で、最後尾のミツバチが振り返った。テントウムシと目が合った。彼女はにやりと笑った。どきりとして息をのんだ。彼女は何を考えているのか。

「こういうことになって、残念だわ」

マリアが口を開いて、テントウムシは今、自分が抱いた違和感について考える間もなく、二人は向き合った。

「一つ、聞きたいことがあるの」

「なんでしょうか」

「あなた、二年前にも一度、本土に行ったわよね」

「はい……」

さっきちょうど船長とも話したことだった。アルジェリアにテロがあった後。

「あなたは二年前の一月頃、急に具合が悪くなった。朝起きれなくなって、ご飯が食べられなくなった。島に週一で回ってくるお医者さんに相談したら、軽いうつじゃないかって……あの時、あなた自身が本土の病院に行きたいって主張して、海を渡った。島のお医者さんに紹介状まで書いてもらって、早く治せるように入院だってできるように取り計らった」

テントウムシは下を向いた。

「疑いもしなかった」

あの時のことをこうして問いただされるとは思いもよらず、テントウムシはただマリアの出方を待つしかなかった。

「アゲハちゃんからあなたのこれまでのことを全部調べた方がいいと言われて問い合わせたの。入院するはずだった病院には、守秘義務があると教えてもらえなかったの。だから、お医者さんから聞いてもらった。自分が紹介した患者が来ているかどうか……来ていないって。入院どころか、来院もしていなかったって」

「あれは……」

「あなたは一週間して、すっかり良くなって帰ってきた。考えてみたら、うつがそんなに早く治るなんておかしいし、具合が悪いのに、自分から進んで本土の病院に行くって言いだすなんて変だった。そして、あの後、モンシロチョウさんが出て行った」

テントウムシはさらに驚いた。自分が行方不明になっていたことだけでなく、過去の住人であるモンシロチョウのことをマリアが疑っていることを知って。

モンシロチョウと名付けられたのは、海外留学で知り合った現地の男性に暴力を振るわれ、日本に戻ってきた女性だった。その後、向こうのリベンジポルノのサイトに恥ずかしい写真を公開されていたことがわかった。独立心旺盛な女性で、ここでひっそり、お互いを気遣いながら過ごすような暮らしが合わなかったようですぐ出て行ってしまった。

「あの人が出て行ったのも、あなたが原因じゃないの。彼女はほとんど家出のように、理由もなしにいなくなったでしょ。あなたが彼女の過去を調べて、ここから追い出したんじゃないの?!」

「違います。それは違います。絶対に違います！　私だってモンシロチョウさんが出て行った時は本当に驚いたんです。私が本土に行ったこととは、まったく関係ない」

「じゃあ、あなたはどうしていたの？　ここにいなかった一週間。本土で」

「……ある人に会っていました」

「ある人って？」

「昔、お世話になった人。その人と話して、どうしても確かめたいことがあって……そして、気力を取り戻したんです。マリアさんの知らない人です」

「私にうそをついてでも会いたい人だったの？」

「はい……」

「今回、東京に行って、また会ってきたの？」

「違います」

マリアはため息をついた。

「アゲハちゃんのことを調べたことには理由があります」

テントウムシは早口で、アゲハのこの島に来てからの話……男と会い続け、島の秩序も壊そうとしていたこと、このままでは彼女を理由に『虫たちの家』も、島民たちに排除されそうなこと、そして、東京に行って彼女のことを調べてきたこと、彼女は多くの男と付き合って、その場を壊してきたこと、ばらまかれた写真にも疑惑があること……。

本当のことをすべて説明できれば、許してもらえると期待していた。マリアとテントウムシとは二人三脚の関係で、これまでここを作ってきたのだ。心を割って話せれば、わかり合える。

「……違うわね。あなたは何か勘違いしている」

けれど、マリアは首を振った。

「違う？　どういう意味ですか」

「逆に、そんなふうに考えていると知って、驚いたわ。私たちは、あなたを始めとして、ネットで恥ずかしい写真や過去をばらまかれてどこにも行けなくなった女の最後の場所としてここを作った。どこにも居場所のない人たちの砦として」

「そうです。だから」

「それなのに、家を守るためとはいえ、それを暴露してどうなるの？　社会や家族はあなたたちの事件を汚点として、自分たちを守るため排除してきた。だから、そういう全体主義からあなたたちは逃げてきた。それなのに、また、彼らと同じ理論で人を傷つけていいの？　本末転倒よ。そんなことまでしなければ守れない『家』なら、こんな場所、なくなってしまってもいい。誰かを傷つけるぐらいなら、自分が傷つく方を私は選ぶ。あなたとは考え方が根本のところで違う」

こんな場所？

テントウムシ自身も、マリアとの違いに初めて気がついていた。マリアはずっと彼女たちを助けてくれた。ここを作ることを提案してくれ、資金も出してくれた。戸籍を汚し、提供するのも厭わず、守ってくれた。

けれど、彼女は当事者じゃない。だから、ここが潰れてもいいなんて理想論が言えるのだ。

私はここを守りたい。そのためには戦わなければならない時もある。そう思って行動してきた。

「もう、あなたのことを信じられない」

マリアはむしろ悲しげだった。

「すみません」

「しかたないわね」

テントウムシはうなずいた。

「私かあなたが出ていくしかない」

もちろん、私が出ていきます。そうテントウムシは言ったつもりだったが、声にならなかった。

「いろいろ、ありがとうございました」それだけは声が出た。

「あなたは一つ、勘違いしている」

「なんですか」

「アゲハちゃんのこと。あの子は、アゲハチョウじゃなくて、ジャコウアゲハよ」

「え？」

それがそんなに違うことだろうか。ジャコウアゲハのことは知らなかった。

「ジャコウアゲハは体に毒を持っている」

あ、と小さく叫んだ。

「その毒は弱いものなの。鳥が食べて死んでしまったら、意味がない。警告にならないからね。ただ体の具合が悪くなる程度の毒。一度、ジャコウアゲハを食べてそれを知った鳥はもう彼女たちに近づかない。そのための毒なの」

「そうでしたか」

いつもマリアの名づけには感心せざるを得なかった。

「あの子の毒を私は知っていた。それでも、いいと思ったの。それを含めて、あの子をここに受け入れたいと」

ふっと思い出した。マリアの娘は早くに病死し、仕事が忙しい婿《むこ》に代わってその忘れ形見の孫娘を育てていた。けれど、高校の時に、ネット上のいじめで彼女は自ら命を絶った。

マリアはアゲハの中に、同じ年頃の孫娘を見ているのではないか。

「それから、あなたのテントウムシにも、今まで話していない理由があった」

「理由ですか」

「西洋では、テントウムシの色は聖母マリアの赤い衣、黒い斑点はマリアの七つの悲しみを表している……あなたに守ってもらいたかった……荷物がまとまったら出て行って」

何か言う代わりに、一礼して、部屋を出た。

＊　＊　＊

図書室で、父と氷室美鈴さんの名前が並んでいるのを見つけた時から、私は二人を密《ひそ》かに観察するようになりました。

学校にいる時には氷室さんを。家にいる時には父を。

どちらかが自分の目の中に入っている状態じゃないとものすごく不安な気持ちになりました。

けれど、それは楽なことじゃありません。

学校から帰宅して父が仕事から帰ってくるまでの時間、朝、父の方が先に仕事に行ってしまってから登校するまでの時間。

わずかながら、そういう「空白の」時間はありました。そういう時はできるだけ図書室に行きました。他の子供が迷惑そうな顔をするのなんか、もう気にもなりませんでした。

それでも、すべてを見張っているわけにもいきませんでした。ジャミに夕食の手伝いを頼まれたり、一緒に英語やフランス語の勉強をしたりする時もあったし、まれなことですが、母が部屋から出てきて私に話しかけることもあったからです。

それらは貴重な時間でした。母もジャミも、私には父以上に大切な人でしたから。

でも、父と氷室さんのことが気になって、私はそわそわすることが多くなりました。実際にジャミにもそれを注意されました。

「お嬢さんは最近、なんだか、心が砂漠の向こうに行ってしまっているようだ」

彼女は朗らかに笑いながらでしたが、時々文句を言いました。

「でも、しかたがない。そういう年頃だから」

そう言って、頰をなでてくれました。彼女は何も気がついていないようでした。

私がどうして、父たちの動向に気を配ったのか、ですか？

それはやはり、父と、氷室さんのお父さんとお母さんが「同期」だということを知っているのは私だけだったのに、そこに氷室さんが現れてしまったからです。そんなのおかしいと思いました。氷室さんがうちのパパと仲良くするなんて。だって、私が氷室さんの家に生まれることを夢想していたのに、氷室さんの方がうちに入ってきて、私は氷室さんに自分の親まで取られるような気がしたのです。

そして、私が父たちの名前を図書館で見つけてから二週間ほど経った日曜日のことです。

私は家で父と母と一緒にいました。ジャミは休日でお休みでした。

母は寝室にこもりきりだし、父は書斎にこもりきりでした。だけど、部屋の中は静かで、私は居間で、一人でぬりえをしていました。日本にいる親類が、誕生日に送ってくれたもので、当時、とても流行っているキャラクターの図柄でした。もうぬりえをするような子供でもないのに、親類は私のことをまだ幼いと思っているようでした。だけど、それをしていると気持ちが静まるので、嫌いではありませんでした。

私はつかの間、平穏な時間を過ごしていました。父も母も顔を合わせることはしていないけど、家にいて、私はお気に入りのぬりえをしている。

夕方近くになって、父が急に書斎から出てきました。

「ちょっと仕事に行かなくてはならない」

父はそう言いました。

「どうしたの？」

「少し仕事が溜まっているから、それをやってきたい」

「……ご飯はどうするの？」

「ジャミが作ってくれたものを食べなさい。冷蔵庫に入っている」

ジャミは土曜日に日曜日の食べるものを作っておいてくれていたのです。私たちはそれを冷たいまま食べるのです。

「私も行きたい」

「行きたいって、会社にか」

父はすごく変な顔をして私をにらみました。

「行けるわけないだろ。第一、ママがいる」

そうでした。ママを部屋に一人にしておけないのです。

「でも、そう時間はかからない、すぐ帰ってくるから」

めずらしく父は私をなだめるようなことを言って、仕事場に行きました。

父がいない時間は不安でした。ただ、その日一日、わずかながらも穏やかな一日を過ごした後だったので、いくらか安心していました。

ぼんやり明るかったのが、完全に日が落ちて、部屋が暗くなったので、私は部屋の電気をつけたことを覚えています。

部屋がぱっと明るくなって、私が振り返ると、そこに母が立っていました。

「パパは？」

母はめずらしく、エプロン姿でした。パジャマの上にエプロンをかけているのです。夕方になったので、食事を作ろうと思ったのかもしれません。でも、髪はぼさぼさで、もちろんお化粧もしていません。頬は乾いているのだけど、泣きはらした後のようなくちゃくちゃの顔をしていました。まだ三十代の半ばでしたが、お婆ちゃんみたいに見えました。

「お仕事」

「違うよ」

母は子供のように首を振りました。

「パパは出て行ってしまったんでしょう」

そして、またヒーともヒューともつかないような、高い音を出しました。泣いているようでした。

私は慌てて、「パパは本当に仕事だよ」と何度も言いましたが、母は首を振ってそんなおかしな音を出すばかりでした。

「じゃあ、パパを連れてくるよ」

そう言って、家を出ました。おかしな音を出している母を置いて、逃げるようにドアをばたんと閉めたのです。

正直なところ、私はどこかほっとしていました。

父を呼び出す……呼び戻す口実ができたので。

父が働いている建物は、日本大使館に隣接していて、他の会社も入っていました。三階建てで、父はその二階の端の部屋だということは知っていました。

走っていく途中で、私はその建物が真っ暗であることに気づきました。父どころか、誰も部屋にはいないようでした。

そして、そのことにあまり驚くこともなく、図書室に行こう、と思いました。やっぱり、という思いの方が強かったのです。

振り返ると、図書室のある、学校の最上階には電気がついていました。

＊　＊　＊

島を去る日、テントウムシは朝食を作っていた。視線を感じて顔を上げると、キッチンの入り口にミツバチ母娘がいた。二人は黙って、こちらを見ていた。

「なんでしょうか」

東京から戻った後、テントウムシは誰よりも早起きをして、毎日朝食を作った。それで許してもらおうというような考えはなく、ただ、最後に皆のためになりたいだけだった。

ミツバチがアゲハの肘《ひじ》のあたりをつついた。アゲハが母親の顔を見た。どこか迷いのある表情だった。けれど、ミツバチはもう一度、今度は娘の肘をつかんで揺らした。彼女はやっと口を開いた。

「……食べたくないんですけど」

「え」

「あんたの作ったものなんて、もう食べたくないんですけど。吐き気がする」

アゲハは母親の言いなりなのだな、とテントウムシはやっとわかった。こうして、今までもやってきたのだと。

以前、母親のせいでアゲハは人より早く大人になったのだと思ったことがあったけど、それは思い違いだった。逆だった。子供のままだった。

「ごめんなさい」

それでも、素直に謝った。

「では、アゲハちゃんは他の物を食べるといいわ」

彼女は踵を返して、行ってしまった。ミツバチだけがその場に残った。ただ、黙って、テントウムシがしていることを見ていた。それだけなのに、テントウムシは少しずつ息が詰まるような窮屈さを感じた。間違いや、失敗は決してできないような気がした。小さく手が震えてくるのがわかった。

「なんですか？」

ついにテントウムシはミツバチに尋ねた。

「いえ、別に」

ミツバチはにやにや笑った。

「……アゲハちゃんに、写真を流出させたのはあなたなんですか」

テントウムシはずっと考えていたことを、思い切って尋ねた。

「どうして私がそんなことを？」

ひどく驚かれるかと思った質問なのに、彼女は顔色一つ変えず、平然と答えた。

「そうですよね。母親が娘にそんなことをするなんて、私にはどうしても信じられません。でも、若い女の子が自分で写真を拡散するというのも信じられません」

「よく考えてみてください」

「考えてもわかりません」

「それを、マリアさんに話しても無駄ですよ。私たちはそのことはすでに彼女に話してあるし」

「わかってます」

「それならいいけど」

ミツバチはまだ黙って見ていた。

「なんなんですか」

「本当に何もわかっていないんですね」

そして、ミツバチも去った。

テントウムシは自分のてのひらがびっしょりと濡れていることに気づいた。

＊　＊　＊

図書室に走っている間、考えていたことは、「父はいない。母はおかしい。だから、私はそこに行くのだ」ということでした。他の理由を考えることはしないように。

図書室の扉はすぐに開きました。いつでも開放されていたからです。最初の一室には誰もいませんでした。ただ、本棚とテーブルが並んでいるばかり。それで私は隣の部屋の扉をそっと細く開けました。

思った通り、父と氷室美鈴さんがいました。二人は向こうを見ていたので、私には気づきませんでした。

二人は……。

美鈴さんは父の膝の上に乗っていました。

二人は顔がくっつきそうなほど近づけて、ひそひそ話していました。

私はそれをじっと見ていました。

＊　＊　＊

午後、テントウムシは一人で港に立っていた。

この間、島から出たばかりでまた、港にたたずんでいることを不審に思われるだろう、という神経は、テントウムシの中のどこかに働いていて、思わずあたりを見回してしまう。

けれど、今はそんなことを気にすることもないのだ、と気がつき苦笑した。

もう、島の人にどう思われてもいいのだ。

それでも、なお、『虫たちの家』の彼女たちがこの先奇異に見られたり、言い訳に苦慮したりすることはなるべく避けてやりたい、と願う、その気持ちもまたうそではなかった。

幸い、夕方の船を待つ人はそういない。観光客らしい人々が数人、何かの商談でもあったのか、背広を着て談笑するサラリーマンらしき男たちが数人、赤ん坊を抱えている女とその母親らしい老女。若い女は本土から孫の顔を見に訪ねてきた親を見送るのだろうか。

誰もテントウムシには注意を払っていない。ほっとした。

停まっていた船に船員たちが乗り込んで、何か作業を始めた。そろそろ出航だ。

テントウムシは振り返って島を眺めた。青々と美しい島。もう島を出たくないと思っていたのに、二度と戻ることはないのだろうか。五年前、マリアと二人、降り立った日。すべてを失った厳しい立場だったが、守るものは何もない気楽さがどこかにあったような気が、今はする。それが少しずつ場を作り、固めていくことで、守りたいものが出てきてしまった。

そして、すべてを失った。

今日は土産物屋の前に文子の姿はない。安心した。けれど、何か物足りなさ、寂しさも感じる。ふっと彼女と話したいとさえ思った。

船が出る、という明確な合図は何もないまま、木製のタラップがかけられる。皆、船中に入っていった。

テントウムシはのろのろと最後尾についた。

荷物を船室の端の席に置いて、デッキに出る。視界から消えるまで島を見ているつもりだった。

あっという間に出航準備ができて、タラップは片付けられ、エンジンがかかる。

痛いほど目を見開いて、島の全容を焼きつけた。船はゆっくり動き出し、島と離れた。

その時だった。

港につながる小道から、一台のバイクが走ってきた。ヘルメットをかぶった二人の男女が乗っている。後ろの女が飛び降りて、メットを外した。

アゲハだった。

思わず、テントウムシは船尾に駆け寄った。

「アゲハちゃん！」

すべてを忘れて、手を振った。

「アゲハちゃーん」

いったい、アゲハがどうして見送りに来てくれたのだろう。

アゲハは港の突端に立ち、こちらをじっと見ていた。仁王立《におうだ》ちのワンピースの裾が広がり、長い髪が垂直にたなびいていた。そんな姿でも、いや、そんな姿だからこそ、美しかった。

彼女の両手が上がり、口の周りを覆って、メガホンのようになるのが、スローモーションのように見えた。

いったい、彼女は何を言うつもりだろう。耳に手を当てた。

「氷室美鈴さあーん！」

それは船足の爆音にも妨害されず、テントウムシの耳にまっすぐ届いた。耳に当てた手が凍りつき、体が麻痺《まひ》した。

その名前で呼ばれるのは何年ぶりか。

テントウムシの名前、マリア以外誰にも隠して来た、本名、過去の名前だった。

いったい、どうして、アゲハはその名前を知っているのだろう。

考える暇もなく、彼女はもう一度叫んだ。

「おばさあーん！」

そして、左手はそのままに、右手は高く上げて大きく振った。その顔が、にやにやと笑っているのがぎりぎり判別できた。

おばさん？

それは年取った女性の総称だろうか。アゲハは自分を揶揄《やゆ》して、そんなふうに叫んだのだろうか。

しかし、彼女がテントウムシをこれまで一度だって「おばさん」と呼んだことはなかった。

その時、全身をこれまで以上の衝撃が貫いた。すべてがつながった。

おばさんは、叔母《おば》さん、もしくは、伯母《おば》さんではないか、と。彼女は自分のことを、そう言いたいのではないか、と。

その時、アゲハではなく、ミツバチの横顔が心中にひらめいた。

慌てて、叫ぶ。

「違うのよお！」

それは、違う。絶対に違う。

違うのよお、アゲハちゃんの勘違いよお、ミツバチさんが思い違いをしているのよ！

何度も何度も叫んだが、その声は海と船にかき消され、アゲハに届いている様子はなかった。

ただ、船だけが、島からどんどん距離を離していった。

＊　＊　＊

家に戻ると、ドアの音を聞きつけて、ママがすぐに「まどか」と呼びました。

その声を耳にしただけで、私はすごく重い気持ちになりました。

「まどか、早く来て、パパはどこ」

私はどうして、自分がこんな目にあわなくちゃならないのか、と思いました。

私は悪くないのに。

私はママがいる寝室の前でぐずぐずしていました。その間も、ママは狂ったように「まどか、まどか」と叫んでいました。

あの日、ジャミがいたら、と思います。彼女がいたら、きっと私たちを助けてくれたのに。

寝室に入ると、ママは開いた窓の前に立っていました。たぶん、私が戻ってくるのを見張るためでしょう。

うそをつこうと思いました。パパはお仕事をしていて、帰って来れないんだってと言えばすむことです。

だけど、寝室に入って、こちらの言葉を食い入るような表情で待っているママの顔を見たとたん、なんだかとても嫌な気持ちになったのです。私はママの顔がとても怖く、なおかつ汚い顔だと思いました。だから、パパも帰ってこないのだと。

私だって、帰って来たくなかった。

泣いてばかりいて弱いママ、いつも悲しみに沈んで、自分は悪くないと主張し、結局、私のことを守ってくれない、自分のことばかりを考えているママ。

なぜ、私ばかりがママの面倒を見なければならないのか。

だから、ママにいじわるをしてやりたいような気持ちになったのです。

それで本当のことを言いました。

「お父さんは氷室さんといるよ」

ママは泣きそうな顔をしました。

「だったら、もう戻って来ないね」

私は何も答えませんでした。

ママは開いた窓の外に身を乗り出しました。そして、あっという間に落ちてしまいました。

私は声を上げる間もありませんでした。

ママはもしかしたら、「氷室さん」を美鈴さんじゃなくて、美鈴さんのお母さんだと間違えたのかもしれない、と気がついたのは、ママが下に落ちた、どん、という音を聞いた時でした。

今となってはどちらでもいいことですけど。どちらにしても、ママは落ちたと思います。

私は身動《みじろ》ぎもせずに、窓の外に見える、あの国の夜の空を見ていました。

月は出ていなかったと思います。だから、私は今でも月を見ることはできるのです。

先生、私が悪いのでしょうか。

私のせいで、ママは死んでしまったのでしょうか。

私はあの時に、うそをつくことを考えることもできたのです。

だけど、私はあの時、ママが嫌いでした。

時々、考えたり、思い出したりします。

私がすべての原因なのかと。

そして、時々、もしかしたら、本当は私がママを落としたのじゃないかとも思うのです。

窓のところに立っていたママを私が押したのじゃないかと。

先生、どう思いますか。

私が殺したと思いますか。

先生、どうして、答えてくれないのですか。そんな下ばかり見て。


いいえ、私が落としたのじゃない。それはわかってます。

だって、あの建物は三階ですから、本当に死ぬ気で頭から落ちなければ死ねないって、あそこのお医者さんが言ってました。

でも、それって、どうでもいいことです。

どちらでも、同じことです。
氷室さんのせいなんです。

エピローグ

田中美鈴はトイレの洗面所の、つや消しステンレス部分を特殊な溶液で磨いていた。新しくできたばかりのファッションビルで、トイレや何かもすべて凝《こ》った造りだ。ステンレスの洗面台は近未来的なデザインでありながら、シンプルでおしゃれだった。傷などが目立たぬ配慮でつや消しを選んでいるので、間接照明とあいまって、一見汚れているようには見えない。けれど、水あかと石鹸、手の脂《あぶら》などが混じったわずかな汚れがついているのを、彼女は見逃さなかった。

そこまでやる必要はない。あそこまでやられたら、こちらがやりにくい。

そんな周囲の声が自身の耳にも入っていた。

最初に清掃員の仕事についた成田《なりた》空港で第一線の清掃を仕込まれ、翌々年には清掃業界が主催している技能選手権に準優勝した。清掃を始めて三年目での準優勝は最速だと言われた。そして、このファッションビルの竣工《しゅんこう》前に主任として引き抜かれた。

それだけの仕事をしなければならない。成田の時の仲間は、いつでも帰っておいで、と言ってくれているけど。

東京オリンピックの前年となる二〇一九年、このファッションビルを運営する会社の親会社の社長、小早川《こばやかわ》に呼び出された。

「完璧な清掃は、このビルの命運を握っている鍵の一つだと思っています。あなたには期待しています」

小早川はカリスマ経営者として何度も雑誌やテレビに出ている有名人だ。中に入るテナントやレストラン、設計やデザインまですべてを自らの手で選ぶと公の場所で豪語する人だったが、美鈴の前では謙虚なほど穏やかだった。しかも、彼は、四十を過ぎた美鈴に、破格の正社員の地位を提示した。彼女は素直に感謝して、受けることに決めた。

決して、期待は裏切れない。

美鈴が磨くと、これまでだって決して汚れているとは見えなかった洗面台が一枚皮を剝いだように輝き出した。自然口元がほころぶ。

銀座《ぎんざ》という場所柄、夕方を過ぎると、丸《まる》の内《うち》のOLから近隣に勤める水商売の女性まで、さまざまな若い女が集まってくる。

今は作業着に三角巾《さんかくきん》が制服の美鈴だけど、それらの美しい女を見るのは嫌いではなかった。金もプライドもコネもチャンスも、すべてを持っている女たちが集まる。世界で最も美しい女性が集まる場所の一つではないかと思っていた。

それに見合う場所を用意しようと努力しているつもりだった。そしたら、少し前に、ファッション誌の銀座の百貨店特集でも、最もきれいで使える「トイレ」として載った。もちろん、「使える」のは、美鈴の力ではなく、社長が選んだ、デザインのおかげではあるけれども。

そんな「美しい女たち」が来る前に仕事を終わらせなければ、と一番客が少ない四時から作業を始め、五時にはほぼ終わらせた。

やれやれ、と立ち上がり、腰を伸ばした。ついでに、右や左からその輝きを確かめた。

「一番大切なのは自分の目。他の人は騙せても、自分の心の目は騙せないよ。恥ずかしくない仕事をしな」

美鈴の上司で、成田で仕事を教えてくれた、十も年下の日本生まれのフィリピン系二世が言った言葉が忘れられない。几帳面《きちょうめん》で仕事熱心で明るい人だった。引き抜きに快く賛成してくれたのも彼女だった。今でも、時々、電話やメールをする仲だ。

今の仕事は自分に恥ずかしくない仕事だろうか。彼女の言葉を思い出した時、毛皮を着た女が入ってきて、後ろを通った。

とっさに、身をかがめ、頭を下げる。

女は一瞬のうちにトイレの個室に入って行った。高級な香水の残り香が薫った。

もう、夜の蝶たちの出勤時刻なのか。

後ろ姿をちらりと見ただけだが、女が水商売であることはすぐにわかった。銀座にも最近増えたキャバクラではなく、高級クラブの方だろう。着ているものがまったく違う。

そろそろ退散しなければ。そして、少し休んで、夜の仕事にそなえよう。

洗剤や機材をトイレのボックスに丁寧に片付けた。

「テントウムシさん」

冷たい氷のようなものが体を貫き、真っ二つに引き裂かれた。

その名前で呼ばれるのはほとんど忘れていた感覚だった。おそるおそる振り返る。

振り返る前からわかっていたのかもしれない。その名前を知っていて、若い女といったら一人しかいないのだ。

アゲハだった。

華やかな化粧をし、毛皮の下は一目でシルクとわかるドレスを着ていた。持っているバッグはブランドのわからぬものだったが、そういうものの方が高いことを今は知っている。

「やっぱり、テントウムシさんだあ」

彼女はにやにやしていた。あの時と同じ表情だった。美鈴が島を離れた時。アゲハの母親が子供だった頃と同じ。

「氷室美鈴って呼んだ方がいいのかな」

「田中美鈴です」

戸籍上の名前を言い返した。この名前だけはマリアがくれた最後で最高のものだった。この名前だからこそ、掃除の日本選手権にも出られたし、就職もできた。マリアにはどれだけ感謝したかしれない。

「ふーん。田中さんか……あんたのお義母《かあ》さん、死んだの、知ってる？」

マリアさんは亡くなったのか。

ずっと気になっていた。戸籍謄本を取り寄せればわかったかもしれないが、怖くてできなかった。

「知らなかった、って顔だね。島の男に聞いたから確かだよ」

動揺は抑えようがなかった。美鈴の顔をアゲハは嬉しそうに見ていた。

「あたしは元気よ。こうして」

アゲハは毛皮を着た両手を、その名の通り、蝶のように広げた。

「それはよかった」

掛け値なしの、自然に出た言葉だった。アゲハは表情を微妙に変えた。美鈴が素直に喜んだのが意外だったのかもしれない。

「あんたは、お掃除のおばさん？」

その言葉を、できるだけ軽蔑を込めて吐き出しているのがわかった。

「そうよ」

美鈴はやっと自分を取り戻して、穏やかに微笑んだ。アゲハが何を言うかわからなかったから少しおびえていた。けれど、相手がこちらを蔑《さげす》むつもりなら、その対処法はわかっている。

アゲハのその後のことは少しだけ伝わっていた。彼女は三年前に「リベンジポルノの被害者だけど力強く生きている」女性として、大々的にグラビアデビューした。オールヌードだが、グラビアには定評のある一流雑誌だった。その覚悟のヌードは、彼女の清楚な美貌と清々《すがすが》しい身体とあいまって、高く評価された。

そのままグラビアアイドルとして時々テレビなどにも出ていたが、凜《りん》とした態度が、男性だけでなく、女性にも受けていた。女性解放運動家の著名なフェミニストの大学教授とも対談して、ごくわずかな間ながらマスコミの寵児《ちようじ》のようになった。

その対談は、美鈴も成田空港の掃除係の事務所の休憩室に置いてある週刊誌で読んだ。編集者がうまくまとめてはいたが、彼女たちの話が嚙み合っていないのを感じた。当たり前だ。アゲハは、リベンジポルノのか弱い「被害者」などではないのだから。

いつか真実が暴露されるのではないかと予想していた矢先に、アゲハはテレビから消えた。

どうしているのか心配していたが、水商売の方に転身しているとは思わなかった。

「一応、グラビアやテレビで顔を売っているからね、今は銀座でナンバーワンよ。ミツバチママと一緒に、赤坂《あかさか》のコンドミニアムに住んでいるの」

やはり、子供が学校の成績を誇るような口調で言う。あの頃も、今も、彼女は幼いのだ、ずっと。子供の頃の気持ちを引きずったまま、母親の言いなりに生きている。

「あなたに会えて、嬉しい」

美鈴は小さい声で、でも、はっきりとつぶやいた。

「嬉しい？」

「あなたにまた会えたら、謝りたいと思っていたの」

「今更、何を言い逃れするつもりなの？」

謝る、と美鈴は言ったのに、アゲハはいきりたった。彼女の世界では、謝るとはすなわち、言い訳をするという意味なのだ。

そういう世界に、彼女はまだいるのだ。

「言い訳するわけじゃないの。ただ、私とミツバチさんのお父様の間に何か特別な関係があると思われていたら、あなたたちにも田代さんにも申し訳ない」

「うそつかないで」

「うそじゃない」

「だって、あの後、アルジェリアでテロがあった時に、あんたたちは会ってたじゃない！」

やっぱり知っていたのか。

「あんたがお祖父ちゃんを取り返しに来たから、ママはおかしくなった。それまでもひどい親だったけど、あんたのことを見て、倒れてしまった」

「取り返すだなんて、あるわけないじゃない」

「私はママから話を聞いて、あんたがあたしのママを傷つけて、お祖母ちゃんとお祖父ちゃんまで奪ったことを知った」

「それは」

違う、と言いたかったけど、完全にアゲハの勘違いとも言えなかった。

「あたしはママのためならなんでもする」

「それで、自分であの写真を拡散したの？」

「ママから頼まれた。そうしないと病気になっちゃうし、あたしにはママが一番大切なの。ママはあの『家』に行く二年前にあんたを見てから、復讐《ふくしゅう》するために生きてきたんだから」

美鈴は思わず、目をつぶった。あの国での出来事がよみがえってくる。自分もまた、アゲハと同じような子供だった。美鈴の母親は、ミツバチの母が嫌いだった。はっきりと学校で仲間外れにしろ、とは言わなかったが、あまり仲良くできないような雰囲気があり、美鈴もそれに従った。

「あんたはお祖父ちゃんの子供なんでしょ。だから、会いに来たんでしょ」

自分が田代の娘であるか否かは、美鈴自身ずっとわからなかった。

少し前に、母に電話して聞いた。

「私の本当のお父さんは誰なの？」

電話口の母は、突然の電話に驚いて一瞬黙り、そして、泣きじゃくった。

「泣いてちゃわからない。誰なの？　ねえ、お母さん、誰なの？」

冷たすぎる口調で、美鈴は問い続けた。

……私にもよくわからないの、同じ時期に付き合っていたから。

どちらが父親であっても、美鈴は気持ちを決めたと思う。けれど、返ってきたのは、最も残酷な答えだった。

当時、そんな彼女に嫌気がさして、田代は離れていき、父と母は結婚したらしかった。

まだ泣いている母の言葉を聞かずに、電話を切った。

「それは、私にもわからない。でも、田代さんは違うと言った」

両親も、田代も、本当は、美鈴は田代の子供だと思っていたような気がする。でも、田代が、ミツバチやアゲハに、美鈴は娘ではないと思わせたかったのなら、それを守りたかった。

「はっきりと違うと言っていた。だから、私もそれを信じようと思う」

「でも、うちのママより、お祖父ちゃんはあんたのことが好きだった。あんたが自分の子供ならいいと思っていた」

「そんなことはない。ミツバチさんの思い違いよ。田代さんはあなたたちのことを大切に思っている」

「じゃあ、全部うちのママが悪かったたって言うの？」

「そんなことは言ってない。私が悪いの。でも、あそこは外に出ることのできない小さな世界で、私たちは皆、少しおかしかった」

「やっぱり自分は悪くないと言いたいのね」

「いいえ、あなたたちには悪いことをした。だけど、あんな写真を自分で拡散するなんて……どうして。私に嫌がらせするなら他にも方法があったはず。あなたの人生をめちゃくちゃにしない方法が……かわいそうに」

アゲハは美鈴をにらんだ。

「かわいそう？　あたしたちのことを見下しているんだ」

「違う。だけど、本当はどこまでがあなたたちの計画だったの？　刺されたのはさすがに計画外だったでしょ」

アゲハは唇に指先を持って行って、爪を噛んだ。品が良く、しかもかなりの金がかかっているネイルが傷ついているのに気がついていないらしかった。

ヌードになった時、彼女はその痛々しい腹の傷跡を惜しげもなくカメラの前にさらしていた。まるで、それがそこにいる証《あか》し、証書のように。

「彼に刺されてたった一年ほどで、『虫たちの家』に来て、よくあんなふるまいができたと思ってね」

それは美鈴が島を離れて、当時のことを何度も思い返すたびに浮かんだ疑問だった。

「大谷先輩と付き合い始めた頃、ママがどうしてあんなふうになってしまったのか教えてもらったの。それでママと計画した。写真を撮りたいって頼んだのはあたし、拡散したのもあたし。でもそれが最終目的だったから」

「目的？」

「刺されるとは思ってなかったけど、それで何が変わるわけでもない。あたしたちの最終目的はリベンジポルノの被害者になって『虫たちの家』に行くこと、あなたの居場所を潰すこと。だから、刺されたことは、その気持ちをさらに強く、強固にしただけだった」

「刺されても、お母さんを恨んだりしなかったのね」

「だって、ママだって、刺されたんだから。あたしがうまくやらなかったから、ママも刺されたのに、ちゃんと許してくれたんだから」

美鈴は自分でも自覚なく、ため息をついた。するとそれに反応するように、アゲハが叫んだ。

「あんたにはわからない。ああいう母親のもとに生まれたあたしの気持ち。何度もお父さんが変わって、毎日、あの人の状態がいいか、悪いか、気にして、学校から帰ってきて、鍵を開ける時、祈るような気持ちになる。あの人が元気でありますように、あの人が少しでも機嫌よく、起きていますようにって。びくびくしていた。一度も、自分の家に友達に遊びに来てもらったこともなかった……『虫たちの家』にいた時だけが平穏だった」

アゲハは急に、口をつぐんだ。黙って、美鈴の顔を見つめる。

いったい、どうしてあたしはこんな女に本心がこぼれてしまったんだろう、と言いたそうな顔だった。

そして、急に破顔した。

「どうして、そんなことを思わせるの？　なんであたしがこんなことを言わなくちゃならないの？」

美鈴はアゲハの肩に手を伸ばして、強く払いのけられた。

「あたし、行くね。あんたと違って、忙しいんだ」

「お体、大切に。元気でね」

心から言った。しかし、その言葉がアゲハに再び火を点《つ》けたらしい。顔色が変わった。

「……あたし、ここの社長、知ってるんだよね。うちのお店にもよく来るし、何度も同伴してもらってる」

「そう」

何を言いたいのかわからなかった。自分の顔の広さを自慢したいのかと思った。

「社長にあんたのこと、話してやろうか、全部。あの国でのことも、あの島でのことも、うちのお母さんをめちゃくちゃにしたことも」

「そういうことね」

「あのおやじ、あたしと寝たがってるから、やってやったら、あたしの言いなりになると思う。あんたをまた、ここから追い出すことなんて簡単なんだよ」

アゲハはまた美鈴をにらんだ。

「かまわないよ。アゲハちゃんが、それで気がすむならそうすればいい。それで許してくれるなら、私はかまわない」

本当にかまわなかった。正社員から外されるのは痛いが、この仕事をやめても、働くことはできるはずだった。今の美鈴に働く場所はいくらでもある。

アゲハは息を荒く吐いて、じっとにらみつけた。しばらく、二人は見つめ合っていた。

そして、ふんっというように、アゲハは顔を背けて、トイレから出て行った。

美鈴は自分が平静であると思っていた。けれど、アゲハが出て行った後、小刻みに震えていた。

磨いたばかりの洗面所で手を洗った。

すまないことをした、と思った。アゲハが言うことはあながちうそではない。彼女の壮絶な人生の原因になっている。

けれど、彼女たちは『虫たちの家』から美鈴を追い出し、あそこを潰した。

丁寧に洗っているうちに、手の震えは止まった。ペーパータオルをゆっくりと引き出し、水分をふいた。水回りや鏡をもう一度チェックして、水滴がついていないか確かめた。それらのルーティンは気持ちを静めた。

一礼してトイレを出、休憩室に戻る。

社員や清掃員たちとすれ違うたびに挨拶する。おしゃれなショップ店員の中にも美鈴の顔を見て、手を振るものがいる。

自分はここに受け入れられている。

休憩室に戻って、三角巾を取り、椅子に座った。幸い、他の人はいない。

アゲハとの一言一言を思い浮かべた。

『虫たちの家』は失われ、マリアは亡くなった。

けれど、美鈴はなぜかアゲハを嫌いになれなかった。彼女を恨めなかった。彼女自身がそれを強く望んでいるということを知っていてもできなかった。

アゲハ母娘を傷つけたのは確かだ。

しかし、それ以上に、美鈴はアゲハの生き方が嫌いになれなかった。世界中に恥部をさらされ、立ち直れないほどの悪意を受けても、ああして、強く美しく生きていくことはできるのだ。

美鈴もなんとか生きている。だけど、昔の事件のことはあくまでも隠し、ひっそりと生息しているだけだ。

アゲハは違う。彼女は事件を公言し、それを武器に立ち上がっている。

美鈴は微笑んだ。

昔、畑で名もなき虫になりたいと願ったことを思い出した。あの頃は何も知らなくて、虫には皆、名前があるのだと信じ込んでいた。その後、読んだ本で、地球上には無数の虫がおり、名前がついていない虫もたくさんいるのだ、と知った。

私たちは虫の名前を戴《いただ》いた名もなき虫だった、けれど、今は名前がある。名前を得てからこそ、本当の人生が始まるのだ。

アゲハに幸せになってほしいと心から願った。

そうなれば、自分もまた、さらに強く生きていけるような気がした。

なんだか、ふんわり柔らかなものが向こうから歩いてきたのが見えた、と美鈴は思った。それがミミズとの再会の第一印象だった。

＊　＊　＊

「久しぶり」

彼女が目を細めた表情は、五年ぶりの再会に戸惑っているのか、日差しがまぶしいのか、それとも他のなんなのか、美鈴にはわからなかった。いずれにしろ、笑顔ではない。

場所はミミズが指定してきた、東京駅近くのホテルのラウンジだった。

「本当にお久しぶりです」

ミミズは丁寧にお辞儀した。

彼女は淡いブルーのワンピースを着ていた。あの『家』にいた時はスカートをはいているのを見たことがなかったから、見慣れない姿であったものの、なんだか今の方が、彼女らしい気がした。

最近、海外資本でできたばかりの三ツ星ホテルの名前を、待ち合わせ場所としてためらいなく口にしたのも、彼女がいい方向に向かっている証しかもしれない。

「元気だった？」

「はい」

ミミズは静かにうなずいた。

何かこちらから会話を仕掛けなければならないような気がして、それでも、なかなか言葉が出てこなかった。

思い出話から始めればいいのか、それとも。

「お電話でも話しましたが」

ミミズが口を開いてくれた。

「マリアさんが亡くなった時のことをお話ししたくて」

ミミズは、美鈴の従姉の育子のところに連絡をくれて、それが今日につながった。

「テントウムシさんが島を出て、すぐの冬のことでした。ひどい風邪から肺炎になって……でも、島のお医者さんは一週間に一度だけでしょ。本人が本土の病院に行くのを嫌がって、私たちが無理に船に乗せて連れて行った時にはもう遅かった」

もしも、マリアが島に住んでいなかったら、とテントウムシは考えた。

命を落とすことはなかったのかもしれない。

「オオムラサキちゃんが背負って行ったんです。マリアさん、すごく痩せていて、でも、病院に行くのを拒否して拒否して……二人で家から引きずり出すようにして」

「ありがとう」

美鈴は頭を下げた。

「私たち、病院で少し疑われました。身内でもないし、保護責任者遺棄というのですか、ああいうのではないかって、事情を聞かれました」

「そうだったの、大変だったでしょう」

マリアの養女の自分がいれば、疑われることもなかったのかもしれない、と美鈴はうつむいた。

「病院についた時にはまだ意識があって、ちゃんと看護師さんに自分の意思で来なかった、って説明してくれたのと、島の巡回医さんが、マリアさんが島を出たくないと言っていたことを証言してくれて、助かりました」

「その時、ミツバチさんとアゲハちゃんは?」

「まだいました。だけど、私とオオムラサキちゃんが本土の病院に行っている間に姿を消していました」

「そう……」

「保険証や通帳は病院に行くために、持って出たから無事でしたけど、現金やマリアさんの宝石類は取られてしまいました」

「え? ミツバチさんたちが? 泥棒したってこと?」

ミミズは苦笑してうなずいた。

「大した金額ではありませんでしたけど」

「そんな。警察には届けたの？」

「だって、あの人たちの本名も知らなかったんですよ」

思わず、ため息が出た。

「何から何まで、申し訳ない」

「テントウムシさんのせいじゃないけど」

それがどこまで本心なのか、美鈴は顔を上げたけど、わからなかった。

「教えてもらっていいですか」

「……ええ」

「結局、テントウムシさんとアゲハちゃんたちって、どういう関係だったんですか。二人、なんだか、やたらとあなたにこだわっていた」

「私が島を出てからも、何か言っていた？」

「ええ。あの人は皆が思っているような人じゃない、だとか……でも、詳しく事情を聴こうとすると、話さないんです」

「そうだったの」

「島に来る前に会ったことがあったんですか、あの人たちと」

ミミズはせき込むように質問した。

「……ミツバチさんと私は子供の頃、同じ場所で住んでいたことがあるの。ほんの子供の頃にね。海外の小さな国で。今から七年前……ミツバチさんやアゲハさんたちが来る二年前にアルジェリアでテロ事件があったでしょ」

「え」

ミミズは、まったく手入れをしていないようなのに、美しく整った眉をひそめた。

「事件が起きて、ニュースで何度もあの国の名前が連呼された時、私は当時のこと……ミツバチさんたちと住んでいた場所のことを少しずつ思い出すようになっていた」

ミミズは、聴いていますよ、というようにうなずいた。

「ミツバチさんのお母さんはあの場所になじめなくて、いつも家に引きこもっていて……自分の家の窓から落ちて亡くなったの。その後、すぐに彼女たち一家は日本に帰国したから、そのことはほとんど忘れていた。だけど、少しずつ思い出してきたの。あの、ミツバチさんのお母さんが亡くなった日、私はミツバチさんのお父さんと図書館で会っていたことを」

「……どうして会っていたんですか？」

素直なミミズの視線に、美鈴は思わず、目を伏せた。彼女にとっては、中年の男と子供が会っていることなんて、おかしなことだとしか思えないのだろう。

「母が私に言ったことがあったのよ、ミツバチさんの父親のことを『お父さんと結婚する前に付き合っていたのよ』って。なんでそんなことを言ったのか知らないけど、うちの母はそういう人だったの。子供がいるのに少し幼くて、きれいで、どこかあぶなっかしい人だった。だからこそ、男の人にもてて……それを隠すこともしなかった」

ミミズはちょっと困った顔をした。テントウムシが自分の母親を否定的に表現したことにとまどったのだろう。

「当時起こったそういう一連のことを、私は人質事件の後、じわじわと思い出したの。そして、あの日……ミツバチさんのお母さんが亡くなったことに、もしかしたら、私は何か関与しているんじゃないかって気がついた。そして」

言いかけて、美鈴は口を閉じた。

さすがに、相手がミミズでも簡単に口にはできなかった。それでも、これまでのことを説明するには不可欠なことなので、しかたなかった。

「……もしかしたら、私はミツバチさんのお父さんの子供じゃないかって思うようになったの」

「あ」

ミミズは両手で口元を隠した。

「何?」

「ミツバチさんとテントウムシさんの顔」

「似てると思う？」

「いえ。今まで気がつかなかったけど、そう言われると少し……でも、そんなことって」

「テロ事件の後、疑問はだんだん、確信に変わってきた。でも、もしも、そうだったとしたら、長年のさまざまな謎《なぞ》が一気に解ける気がしたの。あの日、私がミツバチさんのお父さんと図書室で会って、彼は先に帰って行った。私がまだ本を見ていたら、自分の母親が真っ青な顔で迎えに来て、腕をつかんで引きずるように帰宅した。その間、中庭で人々が走り回ったり、叫んだりしていたけど、母は私の頭を抱きかかえるようにして絶対に外を見せなかった。ミツバチさんとお父さんはすぐに日本に帰国して、挨拶もまったくなかった。それからずっと、自分の父親との距離を感じていたことも思い出した。私が成長すればするほど、それは広がっていって、それから、あの事件……私の恥ずかしい写真がばらまかれた時、私の父親がとても怒って、自分の娘とはもう思えない、二度と顔を見たくないと言った。そういうすべてのことが全部つながった」

「私が島に来る前に、そんなことがあったんですね」

ミミズが昔の記憶を掘り起こすような顔つきで言った。

「私の方にもどこか期待があった。もしも、ミツバチさんの父親が私の本当の父なら、私はあの事件で失ってしまった自分の家族を取り戻すことができるかもしれない。親にもう一度、認めてもらうことができるかもしれないと」

「島を出たのは、ミツバチさんの父親に会いに行ったのですか」

「ええ。子供の頃、彼の実家が、杉並区の大きくて由緒のある神社の前の門前町の一角にあると聞いたことがあるの。昔はそこで食堂をしてたけど、街が廃《すた》れるとともに店をたたんでずっとそこに住んでいる、と。その記憶があったから、彼の家を見つけるのは割合と簡単だった。彼は親が亡くなった後、家を相続していた」

「それで？　ミツバチさんのお父さんはなんと？」

「……すべてを否定された。奥さんが亡くなったのは私とは関係ない。娘にも聞いたけど、妻が亡くなった理由は事故だって。そして、私の父親でもない、と。私が家で彼と会った時、ミツバチさんは、私と彼が会っているのを見たの」

「それで、彼女たちは島に来たんでしょうか」

「ミツバチさんのお父さんはああ言ったけど、私は彼の娘なんだと思う。だからこそ、彼女たちは私のところに来た。あの時、私、つい島にいるって言ってしまったの。島の名前は教えなかったけど、そこから調べたんだと思う」

「なるほど」

ミミズはゆっくりと冷めた紅茶をすすった。

「ミミズさんは？　今、どうしているの？　オオムラサキさんとは一緒なの？」

美鈴は話題を変えたいのと、二人のことが知りたくて尋ねた。

「島を出た当初は一緒に住んでいたんです、大阪で。思い切って、都会の真ん中に住んでみたの。二人ならその方がむしろ目立たないんじゃないかって」

「いい考えね」

「私の過去のこと、テントウムシさんには話してなかったですよね」

確かにそうだった。『虫たちの家』に住んでいる女たちは少しずつ自分のことを話してしまうものだが、ミミズは一度も告白したことはなかった。

親しみやすくても、どこか、プライドの高い人だった、と思い出した。

「私、中部地方の小さな都市で生まれ育ちました。近所の短大を出た後、地元のローカルテレビのアナウンサー兼レポーターをしていたんです」

やっぱり、美鈴はうなずいた。

「とはいっても、アルバイトのようなもので、両親も結婚前の猶予時期だから、まあ好きなことをしていいよ、という感じでした。すぐに地元の地主の息子を紹介されて、結婚も決まりました」

「そんなお嬢様がどうして」

「短大生の頃、高校時代の女友達で東京の大学に行った人がいて、何度か遊びに行ったんです。その時、渋谷の路上で一人の時に声をかけられて……いわゆる、スカウトですよね。私にも隙がありました。タレントやモデルになれると言われて悪い気はしなかったから。

それで、事務所に連れていかれて、話を聞いたらAVの勧誘だったんです。何度も断ったんだけど、イメージビデオみたいのを撮らせてくれって。事務所には男の人がたくさんいて、とても怖くて、それだけはしないと帰らせてくれなさそうだった。もちろん、着衣のままで、ソファに座って果物をなめたり食べたりするシーンを撮っただけ。でも、それがAVのワンシーンに使われていたんです、知らない間に。ローカル局に勤めて、結婚が決まった頃に、そのことがネットに流されて、小さな町だから大騒ぎになった。結婚も仕事もだめになりました。町にいられなくなって」

「そういうことだったのね。だけど、それだけなら島に来るほどのことではなかったんじゃない？」

「ええ。でも、あの時は人生が終わるような気がしました。オオムラサキちゃんと島を出て、大阪で働いている時に、実家に連絡したんです。そこから、昔の同級生と出会えて……彼と結婚することになりました」

やっと、ミミズの口元が緩《ゆる》むようにほころんだ。

「前みたいなお金持ちの息子じゃないけど、優しい人です。今は二人で東京に住んでいます」

「その人、もしかして、昔からミミズさんのことが好きだったんでしょう？」

「どうしてわかるんですか」

美鈴は思わず笑った。

「きっと、昔はミミズさんにあこがれていたけど、声をかけられなかったんでしょう。でも、今は仕事も順調で自信ができた、とか？」

「そう、そう言ってました」

「あなたは本当にきれいだもの。ちょっと人を寄せつけないほど。でも、よかったね。おめでとう」

意地悪く考えれば、彼は、ミミズが一度堕《お》ちたからこそ、近づけたのかもしれない。でも、今、彼女が幸せならそれでよい。

「オオムラサキちゃんはまだ大阪にいます。阿倍野《あべの》の地下街にある居酒屋の厨房《ちゆうぼう》でバイトしています。うまく行ってるみたい。テントウムシさん、機会があったら、大阪にも行ってあげて」

「私と会ってくれるかしら」

「今日のことを報告したら、彼女も来たがっていた。それで、テントウムシさんは？　今、どこで働いているの？」

「いろんな仕事をしたけど、今は清掃の仕事をしている。職場の人、皆、おばちゃんだけど、いい人よ。なんとかやってる」

「そう。よかった」

ミミズは深い息をついた。

「マリアさんが亡くなる前」

「ええ」

美鈴は思わず、身を引き締めた。

「ミツバチさんたちがいたからはっきり口には出さなかったけど、とても心配していた。私たちにだけは、どうしているのかしらね、って何度か聞いたから」

「そう」

「たぶん、テントウムシさんを追い出したこと、後悔してたんだと思う。だって、籍を抜いた方がいいってミツバチさんが忠告しても、頑《がん》として抜かなかった。つながっていたかったんですよ」

ミミズはバッグから、黒いヘアブラシを取り出した。

「金目の物は皆、盗られてしまったけど、これは残っていたから。形見にしてください」

美鈴は手に取った。天然の豚毛の品で、マリアが大切に使っていたものだった。これで毎晩のように彼女の髪をすいた。

「どうしても、本土の病院に行かない、と言い張った時、マリアさんはなんだか自分を罰しているみたいだった。あなたのことを後悔して、ここが私たちの居場所と、あの場所で死のうとしているみたいで」

ミミズは少し涙声になった。

「ごめんなさい」

美鈴は深く頭を下げた。

「いいえ。あの時、私たちももっとテントウムシさんの話を聞いてあげればよかった」

「私も本当のことを話せなかったから」

「すみませんでした」

「いいえ。私もばかだった。もしかしたら、自分に他の家族が、本当の親がいるんじゃないかって探しに行って、それが結果的に『虫たちの家』を壊すことになってしまった。家族はあったし、母はそこにいたのに」

ミミズは黙って、首を振った。

「マリアさんを……義母《はは》を看取ってくれて、本当にありがとう」

立ち上がって、もう一度、深々と頭を下げた。


ホテルのロビーで二人は別れた。

最後に、ミミズは片手を差し出した。

「友達になりませんか」

美鈴はためらった。

「いいのかしら。私……」

「いいと思います。だって、テントウムシさん、今、友達いないでしょ。独りぼっちでしょ。きっと、マリアさんも心配しているはず。あたし、否定したくないんです。あの時代のこと。『虫たちの家』でのこと。あれも大切な、今のあたしを作っているものだから」

「ありがとう」

「沙織《さおり》と言います。松山《まつやま》沙織」

美鈴ははっとして彼女の顔を見た。それは、ミミズから松山沙織の顔になった。

「かわいい名前ね」

「ありがとう」

「田中美鈴です」

美鈴は沙織の手を握った。小さくて肉付きの薄い手なのに、握手は強かった。

解説

湊かなえ
（小説家）

二〇〇七年の春、創作ラジオドラマ大賞の授賞式で、大賞受賞者として壇上に立っていた私は、会場にいる一人の女性に釘づけになっていました。

お金を払っても手に入れにくいものの中に、「品の良さ」や「華やかさ」が含まれるのではないかと、常々、私は思っています。

その女性は、派手なドレスを着ていたわけではありません。大声で話していたわけでもありません。シンプルなワンピース姿で、周囲の人たちに控えめに挨拶をすると、あとはまっすぐこちらを向いて立っていただけです。もっと目立つ格好の人はいたし、有名な脚本家も複数いたのに、私の目には、その女性にだけスポットライトが当てられているように映りました。

応募者＝熱心な受賞者ウォッチャー、という式にバッチリはまっていた私は、その女性が前年の受賞者であることがすぐにわかりました。

新人賞の授賞式の場が、素人とプロの境界線であるならば、これから表彰されようとしている私はまさに、境界線上に立っている状態で、会場に集まっているテレビ局や出版社の方たち、そして、プロの脚本家の方たちは、線の向こう「あちら側」の人でした。

果たして、来年の自分が彼女のようになれるのか。肩書は同じかもしれない。だけど、肩書から放たれるものとは別の魅力を、あの人は持っている。

背筋をすっと伸ばして、相手の目をまっすぐ見つめ、やわらかく微笑《ほほえ》む。

文章にすれば簡単なことだけど、私がもっとも苦手としていることです。気が付けば、背中は丸まり、視線は足元を向いています。自分では笑っているつもりなのに、写真を撮る際はいつも、もう少し笑って、と言われてしまいます。

なぜできないのか。そういう生き方をしてこなかったからです。

あの人は、そういう生き方をしてきたということか。自分もあんなふうになりたい。見目麗《みめうるわ》しくも万能でもないのに、人生においてあまり他人をうらやんだことのなかった私が、憧れの気持ちを抱きました。

それが、原田ひ香さんです。

憧れの人とは、同じ脚本賞を受賞したこと以外にも、ほぼ同時期に小説の賞（ひ香さんは、すばる文学賞。私は、小説推理新人賞）も受賞したという共通点があり、単純な私は運命のようなものさえ感じました。

たとえるなら、同じ星座の別々の星。（恥ずかしいので、笑い流してください）。

以来、私はひ香さんをそんな仲間として作品を追い続け、約一〇年が過ぎました。

脚本の経験がある人たちの小説が読みやすく、普段、本を読まない人たちに支持されるのは、書き方が脚本のようだからだ――。

時折、文芸誌などでこのような的外れな解釈を目にして、残念な気持ちになることがあります。

その脚本とは、テレビなのか、映画なのか、ラジオなのか。そもそも、いずれかの脚本でも読んだことがあるのか。いや、ないから、恥ずかしげもなくこんなことを書けるのだろう。読めば、それぞれの違いは一目瞭然なのだから、と。

テレビや映画は映像で表現することができるぶん、ト書きも台詞もシンプルです。反して、ラジオは効果音と台詞で表現するので、説明的な台詞が多くなります。小説はラジオに近そうですが、状況説明を台詞内でする必要はありません。他にも、一人称小説など、視点の置き方がまったく変わってきます。

脚本と小説はまったくの別物。

ここからは私の憶測となりますが、両方を書くことができる人は、頭の中に物語が映像

（立体的な空間）として浮かんでいて、それを小説（言語化した平面）で表すことに長《た》けているため、読者が情景を想像しやすく、読みやすい＝リーダビリティが高い、と言われるのではないでしょうか。

本書のメイン舞台となる場所は九州の島にあります。しかし冒頭、面積や人口といった島の規模を説明する文章はどこにもありません。

主人公が港の波止場に立ち、地平線を眺めている。船を待っているのかな、誰が乗っているのだろう、と読者も島の玄関口に立つことができます。

いかにも地元民っぽい土産屋兼食堂のおばさんに話しかけられ、少しずつ島の状況がわかってきます。九州本土から島までの距離、地元民が外部から来た人たちに向けるまなざし。主人公は外部から来た人で、何か事情を抱えているようだ。

島にはアジアの国々からの技能実習生たちもいて、主人公は地元の人たちより、その人たちの方にシンパシーを感じている。

そこに、船が到着し、母娘連れがやってくる。この人たちにも何か事情がありそうだ。主人公は二人を車に乗せ、道中、少し変わった自己紹介が続く中、メイン舞台に到着します。

しっかりと物語の中に入り込んだのに、読者は肝心な情報を得ることができません。登場人物たちの本名です。明かされるのは、代表者の田中《たなか》マリアだけ。あとは皆、昆虫の名前で、主人公はテントウムシ、他の住人はミミズとオオムラサキ、やってきたばかりの母娘にも、ミツバチ、アゲハ、と呼び名が与えられます。

ロハスな生活に憧れる夢見がちな人たちの集まり、でないことは、ここまでに漂う空気でわかります。では、何なのか。

インターネットにさらされ、心に深く傷を負った女性たちが、世の中から逃げるように辿り着き、息を潜め、名前を捨てて生きている場所、それが「虫たちの家」なのです。

リベンジポルノ、プライベート動画の流出、AVの強要、誹謗中傷《ひぼうちゆうしよう》――。

ネットが急速な勢いで身近なものとなり、SNS上での事件のニュースを目にするのも日常茶飯事となりました。しかし、誰でも被害者にも加害者にもなり得る可能性が高い、他人事と切り離すことができない出来事であるはずなのに、被害者の方たちのその後に思いを馳せる人は、それほど多くいないのではないかと思います。

テントウムシたちの日常生活に触れるうち、なぜ、被害者の方がこんな息苦しい生活を送らなければならないのか、と憤りが込み上げてきますが、同時に、彼女たちを受け止めてくれる場所があることに、ホッとします。静かに暮らせる場所があってよかった、と。

なのに、ミツバチ母娘がやってきてから徐々に、不穏な空気が漂い始めます。

母娘の正体は、ここに来た理由は何なのか。詮索してはならないことを承知しているのに、大切な場所を守りたい、という一心で、テントウムシは家の重要なルールを破り、真相を探ろうとします。果たして「虫たちの家」はどうなってしまうのか……。

もう、本を閉じることができません。ひ香さんが作り出した、物語という空間の中に閉じ込められてしまった証拠です。

私の中にいるテントウムシは、どんなにピンチに陥っても、すっと背筋を伸ばしています。後ろめたい内容でも、まっすぐ相手の目を見て話しています。

ひ香さんの「品の良さ」や「華やかさ」は、文章の中のさりげない表現からも感じ取ることができるため、ひ香さんに会ったことのない多くの読者の中にも、その姿が浮かんでいるのではないかと思います。それが、重いテーマの作品に、強さや誇り高さを与え、ただの虐《しいた》げられたかわいそうな女性の話、とは一線を画しているのではないでしょうか。

脚本を書いていたからではない。そして、努力したからといって必ずしも誰もが身につけられるものではない魅力を持っている、ひ香さんだからこそ表現できる世界です。

憎いことに、この作品は二舞台の構成になっていて、本編のあいだに、ある少女の独白が挟まれます。ここでは、登場人物の本名も出てくるため、誰が本編のどの人なのだろうと推測しながら読む楽しさがあります。

ひ香さんのラジオドラマの受賞作「リトルプリンセス2号」と小説の受賞作『はじまらないティータイム』を読んだ時から、私は、ひ香さんにミステリを書いてほしくないな、と思っていました。しかし、それは同業者として（なんて、心が狭いのでしょう）で、一ミステリ好きとしては、ひ香さんがミステリを書くのを期待してもいました。

この作品を読み、その思いはますます強くなりました。

次の一〇年、ひ香さんがどんな世界を見せてくれるのか。

私たちはもう、どこの新人賞出身とか関係なく、自分が積み重ねてきた作品で個々の星座を作れるようになっているはずです。数多《あまた》に輝く星々の中で、見上げた人たちの目に一番に留まるような星座を、互いに作っていきましょう。

【追記】

単行本では『虫たちの家』というタイトルが、文庫化に際して『彼女たちが眠る家』と変更されています。理由はわかりませんが、ある大御所作家の方が、対談させていただいた際に、「どんなに美しい蝶であっても、装丁に昆虫の絵や写真は絶対に用いないようにしている」とおっしゃっていたのを思い出しました。「虫（たとえ文字であっても）」に嫌悪感を示す人が一定数いるからだそうです。

なるほど、なるほど。

このおもしろい物語が、タイトルや装丁で敬遠されてしまうのは、本当にもったいないことなので、これを機に、虫が苦手な人たちの手にもたくさん渡ることを願っています。

この作品は、『虫たちの家』（二〇一六年六月　光文社刊）を改題したものです。
この作品はフィクションであり、実在する人物・団体・事件などとは一切関係ありません。

参考図書

『身近な虫たちの華麗な生きかた』稲垣栄洋（ちくま文庫）
『昆虫はすごい』丸山宗利（光文社新書）